L'ORPHELINE,

ou

LE MARIAGE MALHEUREUX,

TRAGÉDIE EN CINQ ACTES,

Par OTWAY.

NOTICE

L'ORPHELINE.

Il y a dans cette tragédie un mot charmant : *Hélas !* dit l'orpheline à son époux, *tu parles juste comme pense ton pauvre cœur.* C'est ce qu'on pourrait dire d'Otway lui-même. Hélas ! pardonnez-lui les mille défauts dont son drame abonde ; c'était un homme de peu de science. Il ne sait faire parler ni la jalousie, ni l'héroïsme, ni la vertu, ni l'égarement des douleurs violentes ; car son génie manque de vigueur. Mais quand il exprime le trouble dont les désirs remplissent nos sens, le ravissement où leur satisfaction nous jette, le plaisir d'être aimé, le regret de ne l'être plus ; alors son pauvre cœur parle comme il pense, sa poésie devient enchanteresse, il y verse toute l'inépuisable tendresse de ce cœur où s'est pour ainsi dire réfugiée son intelligence. C'est assez dire qu'il ne sait peindre que les passions , et qu'il excelle seulement dans la peinture de cette passion qui a ses racines dans la faiblesse de notre nature , et qu'il est facile à tout le monde d'observer parce que tout le monde l'a ressentie. Qu'on ne s'attende pas cependant qu'Otway la suivra partout où elle conduit l'âme. Dès qu'elle crée l'énergie, l'enthousiasme, le courage, elle échappe à son pinceau. Il ne sait même peindre que des amantes. Il dégrade les hommes quand il les représente amoureux , car il les fait seulement amoureux, et les hommes mêlent cette passion avec mille autres. Nous avons tant d'autres choses à faire que d'aimer ! Et plus d'une fois aimer a rempli la vie toute entière d'une femme.

Souvent en lisant Otway on pourra prendre le change , et croire qu'il a peint la volupté et qu'il a ignoré l'amour. Je crois que c'est un reproche que lui aurait fait M. Schlegel s'il s'était plus occupé de lui. Mais il faut réfléchir que jamais l'amour ne vit seul dans l'âme , et que toujours il enfante mille passions pour l'agiter. Tantôt il inspire la jalousie à Othello , tantôt le dévouement à Claire ou à Tékla. Mais quand il ne la bouleverse pas ainsi, mais quand il ne la sort pas ainsi d'elle-même, il la livre entièrement à la volupté. C'est dans ce dernier état seul qu'Otway pouvait comprendre la femme en proie à cette passion. La volupté tourmente Monimia, comme l'enthousiasme agite les héroïnes allemandes. La pudeur peut quelquefois souffrir de cette peinture; mais elle est naturelle et vraie.

Otway n'était pas de l'école de Shakspeare; il ne savait point représenter, comme dit un écrivain spirituel, les hommes en chair et en os. Dans cette tragédie, en effet, Chamont, Castalio, Polydore, ne sont que des êtres faibles, et leurs individualités disparaissent sous ce commun défaut. Mais quand il a voulu montrer les femmes cédant à la puissance de l'amour, il a si bien compris les secrets de leur cœur, que tous les autres secrets de leur nature lui ont été facilement révélés; et Monimia vit réellement dans le drame d'une existence qui lui est propre.

Cette création s'élève à mon avis au-dessus de l'époque où elle a été conçue. Le siècle de Charles II n'en était point digne, et, il faut l'avouer, le drame où elle se rencontre n'en est pas digne non plus. Car toute la corruption du siècle est passée dans le drame. L'amour n'est pour Polydore et pour Castalio qu'un besoin des sens, qu'une satisfaction demandée par l'orgueil; il n'est point délicat, il est fourbe; il n'est pas emporté, il est frénétique; et les scènes où ces amans le font parler sont d'une indécence qui révolte. Elles ne manquent pas quelquefois d'un charme coupable; mais elles deviennent odieuses, quand elles sont voisines de scènes d'inceste et de carnage. Les soupirs de la volupté sont trop discordans avec les cris de la rage et du désespoir. Mais tous ces défauts rendent plus précieux le rôle de l'orpheline, que le spectateur aime d'autant plus que dans le drame elle n'est aimée par personne comme elle le mérite. On est tout charmé de la rencontrer là, au milieu de cette licence et de cette fougue des passions. C'est une hôtesse étrangère qui vient embellir une demeure qui n'était point faite pour elle. Gardez-vous de croire cependant que Monimia soit parfaite; elle a toutes les faiblesses de son sexe. Elle ne sait plus lutter contre la passion, une fois que, selon l'expression de madame de Staël, sa griffe de vautour est sur elle, mais se laisse entraîner vers le malheur sans même tourner la tête, et, sachant que son cœur est dans d'indignes mains, ne fait pas de réels efforts pour l'en retirer. Mais qui oserait lui reprocher cette mollesse d'âme? où cette orpheline, au sein de la corruption qui l'entoure, aurait-elle puisé cette énergie qui a besoin pour combattre l'amour de s'allumer au feu de l'enthousiasme? Le monde l'a prise en traître, puisqu'il l'attaque après l'avoir désarmée; mais qu'en revanche elle possède bien la plus noble comme la plus aimable des vertus, cette vertu qui a toujours fait la gloire de son sexe: le dévouement! Une fois que le bonheur de son époux est à jamais détruit, elle n'a plus rien à faire ici-bas; une fois qu'il ne peut l'aimer sans honte, il n'est plus de joie pour elle sur la terre: car son amour remplissait tous les momens de son existence; c'était le souffle de son âme; sitôt qu'il faut y renoncer, elle doit mourir. Les souffrances alors ne déchirent pas son pauvre cœur, elles le brisent. Et quand elle a quitté pour l'éternité son Castalio, on sent qu'elle n'a pas besoin du breuvage du poëte pour quitter cette vie : le mot *adieu*, est le dernier mot qu'il lui soit donné de prononcer en ce monde.

Je m'aperçois, en terminant cette courte notice, que je n'ai point dit à quel genre appartient cette tragédie. Thomas Otway était-il un poëte classique, était-il un poëte romantique ? me demandera-t-on ; et le commun des lecteurs se fâchera, s'il ne trouve point ici de quoi condamner ou approuver l'*Orpheline* avant de l'avoir lue. Je répondrai que, semblable à beaucoup de pièces anglaises, elle me paraît appartenir aux deux genres, ce qui est, à mon avis, une des causes de son imperfection, et de l'imperfection du théâtre anglais depuis Charles II. Elle est au reste en cinq actes, elle se passe en vingt-quatre heures, et toujours dans un même palais, si l'on veut même, dans la même chambre. Ces renseignemens sont pour ceux qui croient que tout cela constitue un drame classique ; je les leur donne afin qu'ils osent lire l'*Orpheline* ; quant à moi, bien que j'aie traduit cette pièce, la marche des événemens, les caractères des personnages, ont presque déjà passé de ma mémoire. Mais ce que je sais, c'est que dans mes

rêveries Monimia rivalisé de grâce, de beauté,
de douceur avec deux aimables filles qui les em-
bellissent quelquefois, la *Charlotte* de Werther,
et la *Claire* d'Egmont.

Ernest Desclozeaux.

PERSONNAGES.

ACASTO, gentilhomme retiré de la cour, et vivant à la cam-
  pagne.
CASTALIO, }
POLYDORE, } ses fils.
CHAMONT, jeune soldat de fortune.
ERNESTO, }
PAULINO, } domestiques d'Acasto.
CORDÉLIO, page de Polydore [1]
LE CHAPELAIN D'ACASTO.
MONIMIA, orpheline, dont Acasto est tuteur.
SÉRINA, fille d'Acasto.
FLORELLA, suivante de Monimia.

La scène est en Bohème.

L'ORPHELINE.

ACTE PREMIER [2].

* PAULINO, ERNESTO [3].

PAULINO.

Je ne puis trop m'étonner, Ernesto, de la haine que notre maître porte à la cour. Il y fut élevé cependant, il y vécut ; et c'est là que lui furent décernés tous les honneurs dont le pouvait décorer son prince.

ERNESTO.

Quand Acasto se rendit près du monarque, il n'était que simple gentilhomme, mais jeune, brave, et d'une famille qui ne le cède en noblesse à nulle autre de l'empire. Il a bien acheté ses honneurs : c'est dans la guerre qu'il les a mérités. Trois fois il conduisit une armée contre les rebelles, et trois fois il revint avec la victoire : il n'est pas dans le monde entier un plus brave soldat, un sujet plus fidèle.

PAULINO.

C'est sa vertu qui m'engagea d'abord à le servir, car il est aussi bon maître qu'il est bon ami. Je sais que le monarque voudrait le rappeler auprès de sa personne ; mais, inébranlable dans sa résolution, il donne pour prétexte à ses refus, et sa vieillesse, et le besoin qu'il éprouve du repos : son âme nourrit, je crois, un profond ressentiment du dernier outrage que son honneur souffrit à la cour.

ERNESTO.

N'a-t-il pas raison ? Quand sa fidélité, ses longs et pénibles travaux, lui donnaient des droits aux plus nobles grades, aux places les plus éminentes, il se vit préférer un lâche flatteur qui, nourri dans les délices de la paix, couvrait d'un vernis brillant son entière incapacité.

PAULINO.

Cependant son estime pour le roi n'en est pas diminuée, et jamais il ne prononce son nom qu'avec le plus grand respect. Cette conduite est noble.

ERNESTO.

Oh ! je lui ai souvent entendu louer son prince avec enthousiasme : ce qu'il disait alors aurait charmé les oreilles même de l'envie.

PAULINO.

Puisse-t-il vivre jusqu'à ce que la nature elle-même vieillisse, et que son sein épuisé ne féconde plus la terre ! car, à sa mort, l'honneur et la bonté disparaîtront avec lui du monde : les arts réclameront en vain un protecteur, et la charité restera veuve.

ERNESTO.

Non, car il a deux fils qui hériteront de sa vertu aussi-bien que de sa fortune.

PAULINO.

La nature leur a donné à tous deux des âmes douces et aimantes : ils virent en même temps la

lumière, et voudraient la perdre en même temps.
Plaisir et peine, tout fut par eux mis en commun,
et ces deux frères s'aiment comme s'ils n'étaient nés
que pour s'aimer.

ERNESTO.

Jamais père ne fut plus heureux dans ses enfans.
Le cœur de la jeune Sérina s'améliore à mesure que
s'embellit son visage.

PAULINO

La nature voulut donner à cet enfant précieux
une confidente de ses pensées et de ses désirs; et si
les deux frères se suffisent l'un à l'autre, Monimia
et Sérina bornent leurs vœux à s'entr'aimer.

ERNESTO.

La belle Monimia, la charmante orpheline!

PAULINO.

C'est la fille du brave Chamont, le compagnon
d'armes de notre maître : l'amitié qui les unissait
fut si constante, que la mort seule put les désunir.
Chamont avait été ruiné dans nos derniers troubles
civils : sentant bien à ses derniers momens qu'il ne
pouvait laisser aucune fortune à sa fille, il lui donna
son cher Acasto pour protecteur : c'était lui léguer
un second père.

ERNESTO.

Le frère de Monimia entra jeune au service de
l'empereur, afin de périr ou de relever sa maison.
Sa sœur l'attend de l'armée; il en reviendra sans
doute couvert de gloire et des marques de la faveur
royale.

PAULINO.

Mon maître ne veut point que ses fils poursuivent

la fortune à travers un monde trompeur ; il les engage à fuir les cours et les camps, où cette déesse volage se joue sans cesse de l'homme de mérite, et répand toutes ses faveurs sur les sots et les intrigans.

ERNESTO.

Ils possèdent tous deux une âme active, généreuse, et un courage téméraire : ils demandent chaque jour à leur père de les envoyer aux lieux où s'acquiert la gloire. Ils sont, disent-ils, fatigués de l'oisiveté domestique, et impatiens de mériter par leurs actions que la renommée s'occupe d'eux. Ils chassent aujourd'hui le sanglier, et devraient être déjà de retour.

PAULINO.

Oh ! c'est un royal passe-temps. Notre vieux maître, robuste comme la santé elle-même, va dès le matin parcourir les bois et suit la chasse, comme s'il voulait atteindre le temps et le forcer à lui rendre sa jeunesse. *

(Ils sortent.)

CASTALIO, POLYDORE et CORDÉLIO.

CASTALIO.

Polydore, les dangers de cette chasse en ont bien rehaussé les plaisirs. Je rencontrai la bête écumante sur le bord d'un précipice : à l'instant où je croyais avoir enfoncé ma lance dans son flanc, elle se précipita sur moi, et nous roulâmes ensemble jusqu'au bas du rocher.

POLYDORE.

Mais alors...

CASTALIO.

Mais alors, mon frère, mon ami Polydore, comme s'il eût eu pour monture le cheval ailé du libérateur d'Andromède, s'élança dans le dangereux précipice pour sauver Castalio : ce fut une action digne d'un dieu.

POLYDORE.

Mais, quand je vous rejoignis, vous étiez déjà vainqueur du monstre. Ah ! quelle joie s'empara de mon âme, quand je vis le danger passé ! j'oubliai dans ce moment toutes les fatigues de la chasse.

CASTALIO.

C'est ainsi, Polydore, que nous pourrions dans la bataille nous précipiter tous deux sur l'ennemi. Tu veillerais sur mes jours, je veillerais sur les tiens. Qui serait alors assez puissant pour en rompre la trame ? La moitié de la jeunesse d'Europe est en armes, et nous ne suivons pas ce noble exemple ! et nous laissons consumer nos courages dans une lâche oisiveté !

POLYDORE.

Ah ! que notre jeunesse acquière de la gloire, afin qu'on aime et qu'on révère notre vieillesse. Je veux me mêler au monde, j'ai soif de le connaître, et ne veux point, inutile plante, mourir sur le terrain même où je suis né.

CASTALIO.

Notre père est dégoûté du monde, et dit sans cesse qu'il ne serait pas prudent de nous y engager. Mon âme, je l'avoue, est soumise aux lois du devoir ; et bien que je pusse tout hasarder pour rendre mon nom fameux, je n'oserais désobéir cependant à un si bon et si tendre père.

POLYDORE.

J'ai quelques doutes au fond de mon âme que vous seul, Castalio, pouvez éclaircir. J'ai l'espérance que vous serez franc et sincère envers votre ami.

CASTALIO.

Que veux-tu dire? Ai-je une pensée que mon cher Polydore ne puisse connaître ?

POLYDORE.

Non, je te crois, et c'est pour cela que je te conjure, au nom de l'amitié fidèle qui nous unit, de me dévoiler ton âme, comme tu la dévoiles au ciel quand tu lui rends compte de tes péchés.

CASTALIO.

* J'y consens. *

POLYDORE.

Et si mes questions venaient à te blesser dans ce que tu as de plus sensible , montre-moi la patience d'un ami.

CASTALIO.

Je serai aussi calme en t'écoutant, qu'un blessé lorsqu'une main habile et secourable sonde sa blessure.

POLYDORE.

Ton langage est celui d'un ami véritable. Vous connaissez la pupille de notre père, la belle Monimia ; près d'elle votre cœur est-il en paix ? Mon frère, l'aimez-vous enfin?

CASTALIO.

Supposons que je l'aime.

POLYDORE.

Supposons plutôt que vous ne l'aimiez pas.

CASTALIO.

Est-ce un ordre que vous me donnez de ne pas l'aimer ?

POLYDORE.

Votre ami, votre frère, ne vous ordonnera jamais rien, Castalio.

CASTALIO.

Aimer, est-ce un crime ?

POLYDORE.

Peut-être l'un de nous deux ne peut-il l'aimer sans crime. Et si je l'aimais ?

CASTALIO.

Je vous informerais alors que j'adorai le premier cette belle, et que je prétends maintenir le droit d'aînesse de ma flamme.

POLYDORE.

Vous le maintiendriez ?

CASTALIO.

Oui, mon frère.

POLYDORE.

C'en est assez; n'en parlons plus.

CASTALIO.

Je ne vois pas pourquoi j'abandonnerais cet amour.

POLYDORE.

Je vous ai déjà dit que je ne voulais plus parler

sur ce sujet ; mais vous désirez, Castalio, continuer cette querelle.

CASTALIO.

Non, mon cher Polydore ; mais pardonne à l'impatience d'un caractère indomptable. ⋆ L'amour règne en tyran sur mon cœur, et son trône est entouré par les craintes, les soupçons, les désirs inquiets, ses ordinaires satellites. ⋆ Toutefois l'amitié partage son empire, et ma douleur serait bien grande si tu aimais quelque autre plus que ton Castalio.

POLYDORE.

Et cependant cette amitié, vous en voudriez rompre les nœuds.

CASTALIO.

Non, pour des couronnes.

POLYDORE.

Mais pour une femme, pour l'amour d'une femme. Injuste Castalio !

CASTALIO.

Où est mon crime, je vous prie ?

POLYDORE.

Vous aimez Monimia.

CASTALIO.

Oui, je l'aime.

POLYDORE.

Et vous me tueriez si j'étais votre rival !

CASTALIO.

Non, je vous excuserais ; car nos âmes sont tellement unies, que les mêmes affections doivent y régner.

POLYDORE.

J'adore Monimia.

CASTALIO.

Aimez-la toujours; tâchez de la séduire; obtenez que sa possession couronne tous vos vœux.

POLYDORE.

Mais nous ne pouvons obtenir tous deux ce souverain bonheur.

CASTALIO.

Mais l'amant dédaigné peut voir avec résignation le succès de son rival, et ne pas lui disputer sa conquête.

POLYDORE.

Dites-moi, voudriez-vous épouser Monimia ?

CASTALIO.

L'épouser ! Non, fût-elle l'idéal que peut se former le désir, eût-elle cette beauté qui satisferait la plus vaine de son sexe, possédât-elle plus de richesses que n'en peut dévorer l'orgueil d'une femme, elle ne me ravirait pas ma liberté. Quand je serai vieux et fatigué du monde, je pourrai, dans mon dégoût de toutes choses, me marier pour faire pénitence.

POLYDORE.

L'aîné d'une famille doit toujours faire vivre dans l'avenir sa famille et son nom : vous ne voudriez pas que l'illustration de notre noblesse s'éteignît avec vous.

CASTALIO.

Pure vanité ! Je vivrai libre de cette contrainte que nous impose un misérable amour propre ; et quand je serai mort...

POLYDORE.

Qui possédera vos biens ?

CASTALIO.

Mon ami, s'il vit plus que moi ; sinon mon prince, qui pourra les donner à quelque vaillant homme dont les services auront mérité ce présent.

POLYDORE.

C'est un noble dessein.

CASTALIO.

J'en jure par le ciel ! je préfère mon Polydore à toutes les joies du monde, et ne voudrais point, au prix de son repos, jouir du plus grand bonheur que l'homme puisse goûter sur la terre.

POLYDORE.

Et par ce même ciel, je jure à Castalio de le porter toujours dans mon cœur. — Qui de nous possédera cette belle ?

CASTALIO.

N'importe qui.

POLYDORE.

Hier soir, ne fûtes-vous pas en tête à tête avec Monimia ?

CASTALIO.

Oui, Polydore, et je devais ce soir m'entretenir avec elle : mais il est juste que tu profites aujour-

d'hui de l'occasion dont hier je profitai. Je te con-
duirai moi-même à cette scène d'amour ; mais aie
soin , mon amitié t'en conjure, d'agir toujours fran-
chement avec ton frère ; efforce-toi de faire réussir
ta passion , mais ne nuis pas à la mienne.

POLYDORE.

Que le ciel me foudroie , si je commets une telle
lâcheté !

CASTALIO.

Si tu es assez heureux pour triompher d'elle (et
tous les dons que tu as reçus de la nature pour séduire rendent cette victoire probable), fais- moi
connaître le succès de ton amour, afin que je puisse
étouffer le mien.

POLYDORE.

Quoiqu'elle soit plus chère à mon âme que l'or ne
l'est à l'avare, le repos au pèlerin fatigué, le pouvoir
aux grands, l'orgueil aux citoyens riches, je l'ou-
blierais plutôt que d'outrager Castalio. * Et vous,
célestes puissances, si vous voulez le bonheur de
Polydore, faites seulement qu'il ne perde jamais un
ami si cher ! *

(Ils sortent. Cordélio reste.)

MONIMIA, CORDÉLIO.

MONIMIA.

* Sont-ils revenus si tôt de la chasse? Cependant
la beauté du jour semble inviter à sortir. * Polydore
et Castalio n'ont-ils point passé par-ici?

CORDÉLIO.

Madame, à l'instant même.

MONIMIA.

Il n'en faut pas douter, mon mauvais destin s'est emparé de moi ; le soupçon et le découragement assiégent mon cœur, et le sentiment de la crainte blesse mon âme timide. Pourquoi n'ai-je pas été placée dans la tombe avec mes pauvres parens ? pourquoi n'y gouté-je pas avec eux le repos ? Bien loin de là, j'erre d'inquiétudes en inquiétudes. Castalio ! Castalio ! mon faible cœur est ta proie ; et, comme un tendre enfant qui confia son jouet à une main étrangère, je crains que tu le brises et voudrais le ravoir. Approchez, Cordélio ; je dois vous gronder, monsieur.

CORDÉLIO.

Pourquoi, madame ? vous ai-je offensée ?

 MONIMIA.

Je ne vous vois plus maintenant : autrefois vous m'aimiez davantage. Assis près de mon lit, vous me chantiez de jolies chansons. Peut-être avez-vous à me reprocher de l'ingratitude ? Tenez, voilà pour vous apaiser. ✶ Voulez-vous me servir ? vous verrai-je plus souvent ? ✶

CORDÉLIO.

Madame, je vous servirais de toute mon âme. ✶ Mais... un matin que vous m'appelâtes près de vous, et qu'à côté de votre lit je vous racontais des histoires, votre vêtement indiscret me laissa voir

un sein qui le soulevait doucement. J'eus honte, je
rougis ; car... sa beauté était inexprimable !

MONIMIA.

Peut-on s'étonner que les hommes sachent si bien
et flatter et tromper ? Comme lui, dès leur enfance,
ils s'instruisent dans cet art : leur science croît avec
leurs années, et, quand il en est temps, ils trom-
pent facilement les pauvres filles : notre ruine ne
leur commande pas de grands. efforts. * Dis-moi,
Cordélio (car, en écoutant leurs conversations ami-
cales, tu as pu connaître les secrets les plus intimes
de leurs cœurs), dis, quelquefois au moins n'ont-
ils pas parlé de Monimia ?

CORDÉLIO.

Oh ! madame, ils en ont très-mal parlé ; mais je
crains de vous tout dire, car on assure que le fouet
doit punir les enfans qui trahissent les secrets de
leurs maîtres.

MONIMIA.

Ne crains rien, Cordélio ; ce que tu me diras, je
ne le redirai point, je garderai ton secret comme le
mien propre. Polydore ne saurait te montrer plus
de bonté que moi : sois mon page, et les plus beaux
jouets ne manqueront pas à tes amusemens.

CORDÉLIO.

Et vraiment, madame, je vous aimerais bien pour
maîtresse. Il me semble que vous m'aimez plus que
monseigneur ; il ne fut jamais à moitié aussi bon
que vous êtes bonne. Mais que dois-je vous dire ?

MONIMIA.

Dis-moi comment les deux frères parlaient de Monimia.

CORDÉLIO.

Avec toute la tendresse de l'amour. Vous étiez le sujet de leur dernière conversation, et je craignais d'abord qu'elle ne finît mal ; mais quand l'un perdait son sang-froid, l'autre reprenait le sien, et compatissait à la faiblesse de son ami : si bien qu'après de longs débats, ils résolurent...

MONIMIA.

Quelle fut leur résolution, cher Cordélio ?

CORDÉLIO.

De ne se point quereller pour vous.

MONIMIA.

Par mes plus chères espérances, je ne voudrais pas désunir deux frères. Mais toutefois... j'espère que mon Castalio n'a point indignement parlé de Monimia, et qu'il ne s'est point moqué de mon facile amour. Ont-ils quitté ces lieux ensemble ?

CORDÉLIO.

Oui, pour vous chercher, madame.. Castalio a promis à Polydore de le mener vers vous, et de lui donner l'occasion de tenter la fortune de son amour.

MONIMIA.

Mon cœur est-il maintenant à si bas prix, qu'il puisse être un commun enjeu et le sujet d'un pari d'amour ? — N'est-ce pas avec un grand déplaisir

que Castalio consentit à ce qu'exigeait sans doute
avec violence la passion déréglée de son frère?

CORDÉLIO.

Son frère eut tous les torts. Castalio se jouait avec
l'amour, et disait en souriant qu'il doit faire le plaisir et non le malheur de notre vie. Il ajoutait que
les regards d'aucune femme ne lui raviraient sa liberté, et que c'est pour faire pénitence qu'on se
marie.

MONIMIA.

Alors... si Castalio me trahit, je suis perdue. Où
trouver l'honneur et la fidélité? O dieux! vous les
tuteurs de l'innocence et les guides de la faiblesse [4],
protégez-moi, sauvez la pauvre Monimia. Mon cœur
lui-même est l'écueil où fera naufrage le bonheur
de ma vie. Je l'aime! Pourquoi donc ai-je toute la
faiblesse de mon sexe sans avoir son adresse à cacher
ses égaremens? Je verrai Castalio, je lui reproche-
rai sa perfidie; fidèle au caractère de femme, je
l'accablerai d'injures, je lui dirai quels furent ses
outrages, je prendrai la résolution de ne plus l'aimer,... et je l'aimerai toujours! — Il approche,
* le vainqueur approche; reste en repos, mon
cœur, et apprends à supporter avec mépris tes injures. *

MONIMIA, CASTALIO, POLYDORE.

CASTALIO.

Mon frère désire, madame, vous entretenir sur
un point qui vous intéresse; je vous laisse, tel est
mon devoir.

MONIMIA.

Seigneur Castalio !

CASTALIO.

Madame !

MONIMIA.

Avez-vous dessein de m'outrager? Que signifie cette conduite? Pourquoi me laisser seule avec Polydore ?.

CASTALIO.

Il peut vous le dire mieux que moi. Des affaires d'importance me forcent à vous quitter; je dois rejoindre mon père.

MONIMIA.

Vous allez donc me laisser ainsi?

CASTALIO.

Pour un seul moment.

MONIMIA.

Il fut un temps où vous auriez négligé les affaires et non point Monimia.

CASTALIO.

Je resterais une éternité près de toi;... mais en ce moment, de fâcheuses circonstances me pressent et me forcent à vous quitter.

(Il sort.)

MONIMIA.

Allez donc, et, s'il est possible, ne revenez jamais. Quant à vous, seigneur Polydore, je devine le projet inhumain qui vous amène; il est écrit dans vos yeux.

POLYDORE.

Si c'est être inhumain de désirer votre amour plus
que l'avare ne désire la richesse, plus qu'un mourant ne désire une heure encore ; si c'est être inhumain d'offrir toujours à votre dédaigneuse indiffé-
rence la plus vive tendresse, le cœur le plus fidèle,
Monimia, vous m'accusez justement.

MONIMIA.

Ne me parlez pas d'amour, seigneur ; je ne dois
pas souffrir que vous me parliez d'amour.

POLYDORE.

Qui peut voir tant de beautés et garder le silence ?
Le premier langage que l'homme parla, fut le langage du désir. Créé d'abord seul, il errait triste et
silencieux comme les animaux dont il est le monarque ; mais quand une fille née du ciel, semblable à
toi, parut à ses regards surpris, ils s'enflammèrent
en même temps que son cœur ; sa langue se délia,
et son premier mot fut : Amour !

MONIMIA.

Le premier couple fut certainement fortuné : il
n'y avait que deux êtres dans tout l'univers pour s'aimer. Le premier homme aima donc la première
femme, et l'aima seule ; mais dans ce monde peuplé
de beautés, où vous pouvez trouver des milliers de
femmes à courtiser, à tromper, qu'est-il besoin de
venir me parler, à moi ?

POLYDORE.

Oh ! je voudrais te parler, t'admirer éternellement ; je voudrais qu'éternellement mes yeux fus-

sent fixés sur les tiens, dont les doux regards portent dans mon âme le bonheur suprême.

MONIMIA.

Que vous vous donnez de peine pour me rendre malheureuse ! Je l'avoue cependant, Monimia vous doit plus qu'elle ne peut avoir l'espoir de vous payer. Entre nos deux familles régna l'amitié la plus constante ; et lorsque mes tendres parens moururent, et qu'avec eux expira leur fortune, la pitié de votre père se chargea de la pauvre orpheline.

POLYDORE.

C'est ainsi que l'ordonna le ciel pour me rendre heureux. Abandonne cette triste vertu, ce n'est qu'un artifice inventé par l'hypocrisie. Va, ces charmes si doux demandent un vainqueur.

MONIMIA, à genoux.

Ici, prosternée sur la terre, je jure par la sainte puissance du ciel que, si vous persistez dans votre amour, je ne vous verrai jamais plus. J'aimerais mieux, mendiant à travers le monde, vivre des restes de l'homme orgueilleux, que de répudier l'héritage de mes parens ; car, s'ils ne me laissèrent point de fortune, mon père du moins me laissa son honneur, ma mère sa vertu.

POLYDORE.

Intolérable vanité ! Votre sexe ne fut jamais dans le droit chemin. Ou vous n'avez pas d'esprit, ou vous en abusez. Vos habillemens eux-mêmes sont moins fantasques que vos désirs : vous ne pensez à rien deux fois, et vous ne pouvez avoir d'opinion à vous ; aujourd'hui vous vous abandonnez, demain vous êtes plus retenues ; tout à l'heure vous fronciez le sourcil, maintenant vous souriez ; tristes un instant, gaies dans l'instant qui suit ; qui vous plaisait va vous déplaire.., sans que vous sachiez pourquoi. * Vous affectez la vertu, mais c'est l'inconstance que vous pratiquez ; et quand vous lâchez le frein à vos désirs, leur domination ne reconnaît point de limites, et votre amour alors n'est pas si dédaigneux. *

MONIMIA.

Je connais, seigneur, les défauts de mon sexe ; je les ai tous, et pour qu'ils ne causent pas ma ruine, je dois vous fuir. Croyez-moi, quand vous m'élèveriez aussi haut que peut atteindre le désir fantastique d'une femme, quand vous mettriez à mes genoux toutes les richesses de l'univers, j'aimerais mieux errer dans les bois, au milieu des bêtes farouches, porter sur mon visage les rides prématurées de la vieillesse, dont une entière négligence et la vie sauvage auraient défiguré mes traits, que d'être victime des artifices d'un homme sans foi.

(Elle sort.)

POLYDORE seul.

Que l'homme est misérable et vil, * de ramper, de flatter, pour obtenir une joie que les animaux savent goûter mieux que lui ! Le taureau vigoureux parcourt la plaine ; du milieu du troupeau il choisit une épouse, satisfait ses désirs, et l'abandonne quand il lui plaît. Il en sera ainsi : je posséderai son amour, j'attendrai, je guetterai les heures de faiblesse ou d'abandon ; quand ses pensées errant loin d'elle auront amené les désirs à son cœur, dans l'instant même où sa vertu balancera, je me précipiterai sur elle dans toute l'ardeur de mon amour, je chasserai devant moi l'honneur, ce gardien sévère, et me plongerai dans des plaisirs qui fatigueront le désir lui-même ; puis, je regagnerai ma liberté à l'aide d'une longue absence, et j'oublierai les peines ainsi que les plaisirs de l'amour. *

(Il sort avec Cordélio.)

FIN DU PREMIER ACTE.

ACTE DEUXIÈME.

ACASTO, CASTALIO, POLYDORE, suite.

ACASTO.

Ce jour de plaisir fut aussi un jour de gloire. Quand vous me quittâtes, mes fils, un autre sanglier s'élança du taillis. A sa grosseur, on l'eût pris pour le tyran de ces bois : les poils hérissés sur son dos ressemblaient à une forêt de lances. De l'endroit où j'observais commodément par quel chemin il conduirait la chasse, je le vis s'avancer vers moi ; il aiguisait ses terribles défenses ; il ouvrait une gueule écumante, comme si j'étais déjà sa proie. Alors je balançai ma javeline sur ma tête, et, d'un bras qui ne tremble pas quand il faut exécuter, je frappai le monstre au cœur.

CASTALIO.

Les actions de votre vie ont toujours été merveilleuses.

ACASTO.

Point de flatterie, jeune homme ! l'honnête homme ne doit point se servir d'un pareil artifice. Bannis la flatterie de ton âme, si tu ne veux point t'avilir, et envoie-la dans les cours, elle y fera fortune.

POLYDORE.

* Pourquoi dans les cours ?

ACASTO.

Parce qu'après l'argent, c'est elle qu'on y prise le plus ; elle y paraît tous les jours sous autant de formes qu'il y a de sortes de vanités, par conséquent d'hommes : le ministre scrupuleux a sa grimace pour chasser doucement le solliciteur pauvre qui n'a pas le moyen de le corrompre : un homme morose et sans esprit, que ne favorise point le sort, flatte et admire dans ses saillies un homme gai mais riche. Qui pourrait voir sans indignation un athée à la cervelle chaude remercier un docteur sévère du cadeau de son sermon, ou bien un grave conseiller secouer la main d'un jeune seigneur qu'il rencontre, et louer le freluquet de la beauté de son teint ?

POLYDORE.

C'est à la cour que fleurissent les belles manières ; si la sottise y réussit, le mérite peut s'y élever. Et pourquoi m'affliger de la fortune d'un sot, si, connaissant bien toutes ses faiblesses, je m'en empare et les fais servir à mon élévation ?

ACASTO.

Le mérite doit s'élever dans le monde ; mais c'est sur quoi ne compte jamais tout homme honnête et sage. Se décidera-t-il à mettre à la torture son esprit généreux, pour se couvrir de dehors empruntés, pour placer la religion sur son visage, quand au fond de son cœur est l'incrédulité ? voudra-t-il ne pas faire semblant de connaître en public tel ou tel personnage avec lequel il s'abouche en secret, pour tramer la ruine d'un pauvre homme de bien? C'est ce qui se voit tous les jours. *

CASTALIO.

Vos outrages ont été si grands, seigneur, que vous avez bien le droit de vous plaindre ; mais souffrez que vos fils, dont la jeunesse n'a pu connaître les caprices de la fortune, courtisent à leur tour cette belle. Si, maîtresse vulgaire, elle était favorable à tous, on mépriserait bientôt ses charmes, et la moitié du monde resterait oisive.

ACASTO.

* Vous me connaissez mal : il y a long-temps que j'appris à venger ou à mépriser mes injures, selon que l'offenseur était digne ou non de ma colère. Vous désirez tous deux la grandeur ; mais votre ambition veut y parvenir par des moyens dignes d'elle. C'est donc au milieu des camps qu'elle la cherchera : c'est là que les emplois s'achètent noblement, c'est là que doit briller l'honneur..... Et cependant vous y verrez la corruption, l'envie, l'esprit de faction, le mécontentement, régner presque dans chaque bataillon. Des hommes qui ont versé leur sang pour la défense de leur chère patrie languissent dans la misère, tandis que de lâches égoïstes, qui même désireraient la mort de ceux qu'ils flattent maintenant [5], dévorent, comme des sauterelles destructives, le miel que ces abeilles industrieuses avaient composé de leurs sueurs.

CASTALIO.

Ces préceptes ne conviennent pas à l'énergie de
mon âme : j'ai besoin d'activité. *

POLYDORE.

Et moi aussi, je désire ne pas consumer ma vie
dans l'oisiveté de la maison paternelle, et porter
mes regards au delà de cette enceinte.

ACASTO.

Occupez votre esprit, en étudiant les siences et
l'homme; apprenez à respecter le mérite couvert de
haillons, et à mépriser l'homme orgueilleux dont
l'insolente incapacité occupe les premières places de
l'état.

Les précédens, SÉRINA, * MONIMIA et sa suivante. *

SÉRINA.

Je viens, seigneur...

ACASTO.

Que bénie soit mon enfant! Cher ange, qu'as-tu
à me demander?

SÉRINA.

Je vous apporte d'heureuses nouvelles, seigneur:
celui dont vous avez si souvent désiré le retour, le
jeune Chamont, arrive à l'instant même.

ACASTO.

Par le ciel, il est mille fois le bienvenu!..Je vais
lui prouver combien j'aimais son père.

Les précédens, **CHAMONT**.

ACASTO.

Salut au fils d'un ami bien cher! Sois le bienvenu, toi qui, dans les hasards de la guerre, as cherché des dangers certains et une fortune incertaine! Sois le bienvenu, comme d'heureuses nouvelles après les inquiétudes les plus vives.

CHAMONT.

La faiblesse de mes discours trahirait la reconnaissance que je vous dois; et si je commençais à vous en entretenir, mon âme est si pleine, que Chamont, tout ce jour, ne vous parlerait d'autre chose.

MONIMIA.

Mon frère !

CHAMONT.

O ma sœur! que je te presse long-temps entre mes bras. Il y a bien des jours que je n'ai pas vu ton visage! les nuits, je t'ai vue souvent; tu faisais le charme de mes songes. Ces joies imaginaires satisfaisaient mon âme, jusqu'à ce que les soucis du matin m'éveillassent. (*Apercevant Sérina.*) Une autre sœur! Cette beauté sans doute est aussi ma sœur! car je sens dans mon âme qu'elle a droit à mon amour.

ACASTO.

Jeune soldat, la guerre n'a pas été votre unique étude; vous avez appris aussi à plaire aux femmes : cet art ne vous nuira point auprès de ma fille.

CHAMONT.

Est-elle votre fille? alors mon cœur m'a dit vrai, et je suis au moins son frère par adoption; car en vous déclarant mon père, vous m'avez donné le droit de l'aimer.

SÉRINA, à Monimia.

Monimia, tu m'as dit que les hommes sont perfides; qu'ils mentent, flattent, et font un art de l'amour : en est-il ainsi de Chamont? Non, il est sûrement plus qu'un homme; quelque chose de divin brille sur son visage, et la vérité doit habiter dans une âme comme la sienne.

ACASTO.

Qui de nous, au milieu du bonheur dont nous jouissons, pourrait envier la pompe des cours et le luxe des villes? Que la joie règne aujourd'hui dans toute ma maison! que l'abondance y coule à longs flots! c'est le jour où naquit mon royal maître. Depuis votre retour de l'armée, vous n'avez pas visité la cour, Chamont?

CHAMONT.

Je n'avais point affaire là. Je n'ai pas cette patience de caractère qui vous attache aux pas d'un favori, qui vous rend esclave de ses sourires. Je ne saurais digérer un affront qui me serait fait en face, et remercier un grand de sa faveur, à l'instant qu'il m'outragerait.

ACASTO, à ses fils.

Serez-vous plus patiens que lui?

CASTALIO.

Je voudrais servir mon prince.

ACASTO.

Le servir ?

CASTALIO.

Oui, seigneur, c'est ma plus ardente envie.

POLYDORE.

Dis, c'est notre plus ardente envie : tous deux,
nous voudrions le servir.

ACASTO.

Il n'a pas besoin de serviteurs tels que vous! Le
servir! il méritera toujours plus que les hommes ne
pourront faire pour lui. Il est si bon, que sa clé-
mence surpasse toutes les louanges; il est si miséricordieux, qu'il n'a jamais dormi dans sa colère; il
est si juste, que dans la vie privée, comme sur le
trône, il n'eut jamais offensé personne. Comment
voulez-vous dignement le servir?

CASTALIO.

Je voudrais le servir de ma fortune dans la paix,
de ma personne dans la guerre ; veiller sur lui,
combattre auprès de lui, mourir pour lui.

POLIDORE.

Mourir pour lui! c'est le devoir de tout sujet
loyal.

ACASTO.

Embrassez-moi tous deux. Maintenant, je jure
par les âmes de mes braves ancêtres que votre père
est véritablement heureux. Bénie soit à jamais
l'heure de mon hyménée, bénie soit la mémoire de
celle qui vous porta dans son sein, et doublement

béni le jour qui vous donna la naissance ! * Oui, nobles âmes, votre énergie ne restera point inoccupée : vous servirez votre maître, car vous ne pourriez en servir un plus digne. Je l'ai servi moi-même : de nombreuses cicatrices attestent que je n'eus point un zèle inactif. Ma langue proclama son droit en face même de la rébellion ; et lorsqu'un traître osa d'une bouche impure profaner son nom sacré, d'un coup de mon bon sabre je lui fendis la tête au milieu de sa troupe séditieuse. *

UN DOMESTIQUE entre, et dit à Acasto.

Seigneur, les convives que vous attendiez arrivent à l'instant même.

ACASTO.

Allez les recevoir, mes fils, et leur souhaiter la bienvenue.

(Castalio sort avec Polydore.)

CHAMONT.

Seigneur, mon honneur et mon repos ont besoin de votre assistance.

ACASTO.

Explique-toi, mon fils, avec cette confiance qui régnait entre ton père et moi. Quoi que ce soit que tu veuilles me dire, parle hardiment : tu commanderas à ma fortune et à mon épée.

CHAMONT.

Je ne doute ni de votre amitié ni de votre justice, et je n'oublierai jamais votre bonté envers ce que j'ai de plus cher au monde, envers ma sœur orpheline.

ACASTO.

Passons, je t'en supplie; je n'aime pas qu'on me
rappelle ce que j'ai pu faire de bien.

CHAMONT.

Quand nos chers parens moururent, ils moururent ensemble; un même trépas les surprit, une
même tombe les reçut. Le dernier soupir de mon
père légua sa fille à mon amour; ma mère, que la
maladie avait étendue mourante auprès de lui, m'ap-
pela à ses côtés, me prit dans ses faibles bras, ré-
pandit des pleurs, par d'étroits embrassemens me
serra sur sa poitrine, et comme elle me vit pleurer,
recueillit mes larmes sur ses lèvres. « Chamont, dit-
» elle, mon fils, par tout cet amour que je t'ai
» montré, prends soin de Monimia, surveille sa
» jeunesse, que la misère ne la force jamais à tra-
» hir son honneur; peut-être le ciel favorable vous
» donnera-t-il un protecteur. » Alors, poussant un
profond soupir, elle me donna le dernier baiser,
nous bénit, et mourut. Pardonnez à mon chagrin.

ACASTO:

Mon fils, il t'honore.

CHAMONT.

Le protecteur que le ciel nous donna, ce fut
vous, seigneur. Vous vous chargeâtes de Monimia
dont l'enfance était exposée dans le monde, désert
pour elle, et vous lui servîtes de père.

ACASTO.

L'ai-je offensée ?

CHAMONT.

Je suis bien loin de le craindre.

ACASTO.

Alors, à quoi tend ce préambule?

CHAMONT.

Excusez, seigneur, un caractère soupçonneux.

ACASTO.

Parle.

CHAMONT.

C'est toujours avec peine que les nobles âmes triomphent de l'infortune ; la reconnaissance est un écueil même où elles peuvent faire naufrage : persuadées qu'elle est un devoir, elles la poussent souvent trop loin, parce que leur orgueil craint sans cesse de ne pas l'égaler aux bienfaits.

ACASTO.

Où tend ce discours? je ne puis le deviner. Vous méfiez-vous de moi?

CHAMONT.

Non ; mais je crains que cette jeune fille n'ait compté trop scrupuleusement avec sa reconnaissance : et (pour user librement de la faculté de tout dire que vous m'avez donnée, seigneur) je vous avouerai qu'on m'a tenu dernièrement des discours qui ont porté l'inquiétude et le trouble dans mon âme.

ACASTO.

Interroge-la ; et si je puis atteindre le coupable, quand même ma vengeance devrait me frapper moi-même en mes chers enfans, je le jure par la mémoire de ton père, qui fut la joie de mon cœur, Chamont, je te vengerai.

(Il sort.)

CHAMONT.

Je vous remercie du fond de l'âme.

MONIMIA.

Hélas ! mon frère, qu'ai-je fait ? pourquoi me traiter si durement ? L'effroi fait battre mon cœur : il me semble que je vois mon trépas écrit sur votre front sévère. Vous ne me tuerez point ?

CHAMONT, sévèrement.

Pourquoi me parler ainsi, ma sœur ?

MONIMIA.

Regardez-moi donc avec bonté. Je ne puis supporter ce ton sévère ; il me remplit d'épouvante. Mon cœur est si tendre, que si vous l'accusez trop rudement, je ne pourrai que pleurer, et mes sanglots seuls vous répondront ; mais faites parler la tendresse d'un frère, et cherchez alors mes secrets tout à travers mon âme.

CHAMONT.

Ne crains rien ; j'aurai toujours pour toi l'amitié d'un frère. — Vous n'avez pas oublié celui qui nous donna le jour ?

MONIMIA.

Je ne l'oublierai jamais.

CHAMONT.

Vous vous rappelez donc qu'il se conforma toujours aux principes les plus sévères de l'honneur, et qu'il tenait ce joyau préférable à toutes les mines du Potose. Jamais il n'eût commis une action honteuse, et s'il avait failli, toujours il se serait reproché sa faute, quand bien même elle eût été cachée au monde. Le sentiment inné de l'honneur fut notre seul héritage, et je le préfère à tout ce que la fortune aurait pu jeter sur moi de faveurs. C'est un noble dépôt que nous avons dû respecter. Maintenant, si vous avez, Monimia, terni par hasard ce diamant, et diminué sa valeur, quel compte pourrez-vous m'en rendre ?

MONIMIA.

Que l'envie et la calomnie censurent la partie déjà passée d'une vie si malheureuse ! Je défie leur art infernal d'y trouver l'ombre d'une action déshonorante.

CHAMONT.

Je te vais donc tout dire. Il y a trois nuits que j'étais rêvant dans mon lit qu'entouraient les ténèbres... Une soudaine horreur se saisit de mon âme ; une sueur froide humecta mon visage, et je tremblai dans tous mes membres ; mon lit cria sous moi, les rideaux s'agitèrent, et tu apparus, ô ma sœur, à mon imagination épouvantée. Tu étais dans toute ta beauté, tes vêtemens flottaient en désordre, et deux amans se disputaient ta possession avec toute la licence de l'amour heureux. Je me saisis de mon épée, j'en frappai l'horrible fantôme qui s'évanouit aussitôt. Je demandai de la lumière à grands cris, et quand on m'en apporta, je m'aperçus, ô fatal présage ! que mon glaive avait percé ma tapisserie à l'endroit même où elle représentait la fameuse histoire de ce Thébain qui tua son père.

MONIMIA.

Et voilà pourquoi vous suspectez ma vertu! Faut-il, parce que votre imagination fut abusée par un rêve, que vous m'affligiez de vos soupçons, maintenant que je suis hors de votre songe?

CHAMONT.

Prenez garde, Monimia, ne vous efforcez pas d'être sitôt innocente. Écoutez jusqu'au bout, et qu'ensuite la justice tienne la balance. Ce qui suit est l'énigme qui me confond. Comme je poursuivais mon voyage par un chemin étroit, et que j'allais méditant sur la vision de la nuit dernière, j'aperçus une vieille dont le visage était couvert de rides, et dont l'âge avait courbé le dos; elle ramassait du bois et grondait en elle-même [6]. Je la questionnai sur mon chemin; elle me l'indiqua, puis elle me demanda l'aumône, et me dit : « *Hâte-toi, si tu veux sauver une sœur!* » À ces mots, je frémis.

MONIMIA.

C'est une ruse commune à tous ces mendians qui chaque jour assiégent nos portes ; ils prétendent au don de prophétie, et prédisent l'avenir à la crédulité.

CHAMONT.

Mais ce qu'elle ajouta, ma sœur, me parut assez vraisemblable; elle prononça les noms de Castalio et de Polydore...

MONIMIA.

O ciel!

CHAMONT.

Vous vous troublez. Quoi! votre courage vous

abandonne maintenant? Par l'âme de mon père,
cette sorcière a dit vrai. Réponds-moi : leur as-tu
sacrifié ton honneur [7]?

MONIMIA.

Il est vrai que je suis assez infortunée pour que
tous deux aspirent à mon amour.

CHAMONT.

Et n'est-il pas véritable aussi qu'ils t'ont perdue,
malheureuse ?

MONIMIA.

Bien que tous deux aient fatigué mon cœur de
leurs vœux ardens, si jamais je cédai en pensée,
ce fut seulement Castalio....

CHAMONT.

Ce fut seulement Castalio...

MONIMIA.

A chaque instant vous coupez le fil de mon discours. Oui, je confesse qu'il a gagné mon cœur par
son généreux amour et l'honnêteté de ses désirs.
L'hymen aujourd'hui même devait nous unir.

CHAMONT.

Es-tu donc innocente? ta vertu, ma sœur, est-
elle sans tache ?

MONIMIA.

Si jamais, ô pudeur! Monimia abjure ton culte,
puisse le ciel rejeter toutes ses prières, et puisse son
frère (c'est lui souhaiter plus de malheur encore)
puisse son frère apprendre qu'elle est criminelle

CHAMONT.

Alors, ô ma chère Monimia! tu m'es plus chère que la vie. Mais que ce mot de mariage ne t'endorme pas au bord du précipice; ne te fie point aux hommes. La nature nous a créés perfides, dissimulés, artificieux, cruels et inconstans. Quand un homme te parle d'amour, méfie-toi de lui; s'il jure de t'aimer, sois sûre qu'il veut te tromper. Je t'en supplie, ne souffre pas la tendresse de Castalio. Évite-le, si tu veux conserver la paix de l'âme à ton pauvre frère qui te porte dans son cœur.

MONIMIA.

Je le fuirai!

CHAMONT.

Quand vous vous rencontrerez, que ton abord soit froid comme celui d'un grand lorsque le mérite l'implore, et tu verras bientôt son ardeur se refroidir, et toutes ses douleurs s'apaiser.

(Il sort.)

MONIMIA.

Oui, je l'éprouverai, je le tourmenterai cruellement; car, en me laissant exposée aux insolens désirs de ton frère, tu m'as bien indignement outragée, Castalio! Il vient. Amour, oh! pour une fois reste neutre, tandis que je vais remplir un rôle bien pénible. Il faut blesser son cœur pour l'éprouver; qu'il en va coûter au mien!

(Elle sort.)

★ CASTALIO seul.

Monimia! Monimia! —Elle est partie. Il me semble même qu'elle est partie la colère dans les yeux.

Je suis un insensé, et elle connaît bien ma faiblesse.
Elle me traite déjà comme un esclave qu'elle tient
dans ses chaînes et qu'elle peut châtier à volonté. —
J'ai mal fait de ne point parler sérieusement à mon
frère; j'aurais dû lui confier mon secret; j'aurais dû
lui ouvrir mon cœur et lui découvrir tout son esclavage. Mais il l'aime aussi ;... mais il ne l'aime pas
comme moi. Je suis l'esclave de mon délire ; je suis
un pauvre captif qu'attendent les chaînes du mariage que j'ai juré de porter. C'est la seule chose que
je lui aie jamais cachée, et certainement il pardon-
nera cette légère offense à un malheureux ami dont
s'est emparé l'amour, qui est le jouet de tous ses
petits caprices. *

POLYDORE entre avec CORDÉLIO. Ils restent
tous deux à la porte.

POLYDORE, bas à Cordélio.

Reste en ces lieux, et épie toutes les démarches
de mon frère. S'il se rencontre avec Monimia,
qu'aucun geste, qu'aucune parole ne t'échappe : ob-
serve jusqu'aux moindres circonstances. Obéis-moi
ponctuellement, et viens ensuite me rejoindre.

(Il sort.)

CASTALIO, MONIMIA, CORDÉLIO caché.

CASTALIO.

Monimia, mon ange, tu as été bien cruelle de me
quitter ainsi. * Je me lamentais comme un tourte-

reau de l'absence de ma compagne. * Quand tu es
loin de ton amant, le monde pour lui n'est qu'un
désert. Je ne suis heureux qu'en ta présence. Ta
vue seule apaise les inquiétudes de mon esprit et
les troubles de mon âme.

MONIMIA.

Oh! quel charme fatal se glisse dans les discours
de ces infidèles! Ainsi la hyène perfide attire dans
son antre, par des gémissemens douloureux, le voya-
geur compatissant. Vous dissimulez tous comme
elle. Vos plaintes, vos larmes, émeuvent le cœur
des pauvres femmes, et une fois qu'elles ont ressenti
de la pitié pour vous, c'en est fait, elles sont vos
victimes.

CASTALIO.

Que dis-tu, chère amante? O souveraine de mes
joies, comment ai-je mérité ces reproches? Retiens,
retiens ces larmes; elles sont comme les premières
gouttes de pluie d'un affreux orage. Je les sens sur
mon cœur qu'elles glacent d'effroi.

MONIMIA.

Ah! vous m'avez trompée. Ne cherchez pas plus
long-temps à vous jouer de ma foi; mon cœur est
fixé maintenant, vous ne pourrez plus l'ébranler.

CASTALIO.

Qui vous a dit que j'étais infidèle? Quel imposteur
a osé profaner ainsi la sainteté de mon amour?

MONIMIA.

Polydore, abusant de ma triste position, est venu

parler insolemment d'amour à la pauvre fille qui ne vit que par la bonté de votre père.

CASTALIO.

C'est moi qu'il faut blâmer, et non pas lui. Je l'ai trompé, et j'ai été injuste envers toi. Il t'aime; aujourd'hui même il me l'avoua, et prétendit qu'il avait sur ton amour un droit antérieur au mien.

MONIMIA.

Vous fûtes assez lâche pour balancer, et vous m'abandonnâtes plutôt que de perdre son amitié!

CASTALIO.

Connaissant l'impétuosité de son caractère, je voulus calmer son emportement et lui cacher mon bonheur. Je parus consentir à tout ce qu'exigeait sa passion effrénée. Je parlai comme il parla; je lui accordai toutes ses demandes, craignant que dans sa colère il ne trahît le secret de nos amours; car ce secret une fois découvert, je te perds pour toujours.

MONIMIA.

Osez-vous l'avouer? Eûtes-vous cette timide condescendance? Elle est indigne d'un véritable amant; et qui a mis à si bas prix mon amour pourra bien le trahir.

CASTALIO.

Est-ce Monimia qui me tient ce discours? Non sûrement; je lui ai toujours connu la douceur d'une colombe. Qui confie son cœur à une femme est certainement perdu. Vous n'êtes belles que pour nous tromper, et l'amorce est si enchanteresse que, sans défiance, nous buvons à longs traits le poison.

MOŃIMIA.

Quand un amour mal placé trouve moyen de rompre sa chaîne...

CASTALIO.

Il ne manque, je le vois, ni de prétextes ni d'excuses.

MONIMIA.

L'homme a donc été créé notre despote? Aussi violent que la tempête, aussi inconstant que les vents qui la causent, il porte sur son visage la hauteur du commandement, et sait toutefois l'adoucir quand il veut tromper. Vous entrez en vainqueurs dans nos âmes, et quand vous avez, pendant quelque temps, dévasté le pays conquis, vous volez à d'autres exploits, laissant nos cœurs dans la tristesse et l'abandon. Si c'est ainsi que vous avez traité le mien, Castalio, sachez que la désolation y a pris racine, et qu'elle en a chassé la paix pour toujours.

CASTALIO.

Puis-je vous entendre sans indignation ? Puisque vous me bannissez d'auprès de vous, je dois fuir : mais sache, Monimia, qu'après m'avoir chassé tu ne trouveras jamais d'esclave plus soumis aux caprices d'une femme, plus rampant, plus dévoué que moi ; * car mon amour va jusqu'au délire. Jamais, non jamais une langue humaine ne sera digne d'exprimer et combien il me fait souffrir, et combien il me rend heureux ! Te posséder serait le ciel ; vivre sans toi serait l'enfer. *

MONIMIA.

Castalio, reste ; nous ne devons pas nous séparer.

Ma colère se retire de mon cœur, et l'amour y reprend son empire. Le tien doit me pardonner. Ces dissensions légères réveillent les pensées endormies des amans. Ah ! berce encore mon âme dans la musique de ta voix ! Combien je suis heureuse quand je t'écoute expliquer tes désirs, et qu'attentive je prête l'oreille au langage de ton cœur !

CASTALIO.

Où suis-je ? Sans doute la main du ciel répand autour de moi les parfums d'Éden. Ta perfection remplit chacun de mes sens. * Ta douce parole saurait calmer les souffrances d'un frénétique, il les oublierait en t'écoutant ; mais si ses regards rencontraient tes yeux si beaux, il retomberait dans le délire où moi-même je suis plongé. Toucher cette main, c'est jouir du bonheur céleste ; que serait-ce donc de te posséder ? Toutes les perfections de la nature sont rassemblées dans toi. * Ta création coûta des soins particuliers au ciel ; il te fit belle de sa propre beauté, et te donna les traits de son ange le plus chéri.

FIN DU DEUXIÈME ACTE.

ACTE TROISIÈME.

POLYDORE, CORDÉLIO.

POLYDORE.

Leur amour s'expliqua-t-il avec tant de tendresse ? Tâche de me peindre la scène qui se passa
devant toi.

CORDÉLIO.

Je les crus d'abord ennemis mortels. Le courroux
de Monimia était aussi extrême que le trouble de
Castalio. Ils s'accusaient mutuellement; leurs âmes
hautaines ne voulaient pas céder. Cependant l'a-
mour se révoltait à chaque instant, et se contraignait
avec effort.

POLYDORE

Mais qu'arriva-t-il ?

CORDÉLIO.

Oh! c'était un spectacle charmant à voir! A la
tempête succéda le doux calme de l'amour. Monimia rougit et soupira. Castalio jura d'être fidèle,
comme vous le juriez à ma jeune sœur dans le bois
d'orangers, le jour même où vous me choisîtes
pour page.

·POLYDORE.

Heureux Castalio!... Comme lui je la posséderai.

Je ne puis souffrir qu'on me surpasse ni en amour, ni en gloire. En dépit de tous ses artifices, cette belle m'appartiendra. Mais pourquoi me fut-il préféré? A-t-il pour me supplanter usé de quelque lâche ruse, entaché mon honneur? Par le ciel! il ne l'aurait pas osé. Mais il profita du moins de mes inutiles efforts; il la surprit quand j'avais déjà à moitié soumis son âme. Sa vertu, que j'avais ébranlée, lui céda facilement la victoire. Ainsi de vils braconniers se rendent maîtres sans peine du gibier qu'harassa le noble chasseur, et lui dérobent bassement le prix de ses fatigues. Cordélio !

CORDÉLIO.

Monseigneur !

POLYDORE.

Cours apprêter ton luth, * et cherche dans ta mémoire quelque chanson qui puisse me plaire, qu décrive les ruses subtiles des femmes, leurs sourires trompeurs, leurs larmes feintes, leur inconstance, leur extérieur hypocrite, leurs âmes corrompues; enfin chante-moi toutes leurs folies e toutes leurs faussetés. *

Les précédens, UN DOMESTIQUE.

LE DOMESTIQUE.

Nouvelles fatales ! Hélas ! je ne fus jamais porteu de plus tristes nouvelles !

POLYDORE.

Qu'est-ce ?

LE DOMESTIQUE.

Comme votre père, notre bon maître, se livrait
à table à la gaieté la plus vive, et faisait passer de
main en main la coupe joyeuse, un soudain trem-
blement s'empara de tous ses membres; ses yeux
s'égarèrent; son visage devint pâle; sa langue s'em-
barrassa, et la vie elle-même sembla le fuir. Aussitôt ses amis inquiets l'entourèrent. Ils sont encore
auprès de lui.

Les précédens, ACASTO, soutenu par deux domestiques.

ACASTO.

Soutenez-moi, donnez-moi de l'air; je me sens
revenir, ce n'est qu'un faux pas de la nature. Il ne
faut point s'en étonner; si près du terme, sa fatigue
doit être extrême. Où sont mes fils? Approchez-
vous, mon cher Polydore. Où est votre frère, où
est Castalio?

UN DOMESTIQUE.

Je l'ai cherché, seigneur, par toute la maison;
on ne peut trouver ni lui, ni Monimia.

ACASTO.

On ne les trouve point! Alors, où sont tous mes
amis? j'espère qu'ils pardonnent à mon incivilité,
dont ce malheureux accident est la seule cause. La
mort ne peut venir dans une heure plus favorable;
mon âme est préparée au départ; et le plus ardent
de mes souhaits fut toujours de vivre et de mourir
entouré de mes amis.

Les précédens, CASTALIO.

CASTALIO.

Que les anges protégent la vie du plus chéri des
pères! que sa carrière bénie par le ciel s'allonge
toujours à mesure qu'il y avance! Ah! qu'il vive,
jusqu'à ce que le temps lui-même se confonde dans
l'éternité, jusqu'à ce que les hommes de bien désirent sa mort, ou jusqu'à ce qu'il ait à se plaindre
de Castalio.

AGASTO.

Je vous remerçie, Castalio. Soulevez-moi; je
veux, mes fils, faire quelques pas soutenus par
vous. Il me semble maintenant que je suis aussi
grand qu'Alcide appuyé sur les colonnes qu'il éleva
lui-même.

CASTALIO.

Seigneur, votre chapelain.

AGASTO.

Laissez entrer ce bon homme.

Les précédens, LE CHAPELAIN.

LE CHAPELAIN.

Que Dieu vous protége, seigneur, et vous rend
la santé!

AGASTO.

Si je meurs, ton sort est assuré. N'entonne poin
mes louanges; flatter ne sied point à un prêtr
Mes fils, vivez toujours unis comme vous l'ête

Vous trouverez après ma mort que je vous ai partagé ma fortune, comme je vous partage mon amour. J'ai dû cependant laisser à la douce Monimia une dot qui lui rendît facile un hymen égal à sa naissance. Pour être frères n'en soyez pas moins amis. Évitez l'homme singulier; son esprit est malade, et sa mélancolie est plus forte que sa raison. Mais, par-dessus tout, évitez le politique, soit que, hardi factieux, il discoure, il intrigue, il murmure; soit qu'astucieusement modéré, il décore l'audace de ses soupçons du titre de zèle pour le bien public, et prétende que ce zèle peut commander la rébellion [8]. Choisissez avec soin vos nouveaux amis, car la morale n'est plus à l'ordre du jour. Les hommes héritent tous des vices de leurs pères, et sont élevés dans l'ignorance de leurs mères. Que le mariage soit la dernière folie que vous commettrez, afin d'expier les péchés et les erreurs de votre vie passée. Si vous avez des enfans, ne les instruisez point; ce serait nuire à leur fortune : la sottise est à la mode. Si vous avez des sentimens religieux, gardez-les pour vous-même. Autrement les athées, usant de la tolérance, vous prendraient pour but de leurs railleries, et vous passeriez pour des hypocrites qui veulent tromper les hommes crédules *.

Les précédens, SÉRINA.

SÉRINA.

Mon père !

ACASTO.

Enfant cher à mon cœur !

SÉRINA.

Laissez-moi vous jurer à genoux que je ne goûter[ai]
pas de repos, que mes yeux veilleront et répan[dront] des larmes, jusqu'à ce que le ciel m'ait rend[u]
mon père.

ACASTO.

Lève-toi, viens dans mes bras. Tes douces prièr[es]
seront exaucées, car ton âme est un rayon de l'é[ternelle] bonté; tu fus créée pour être la joie de m[a]
vie, et près de toi l'on ne sent plus la douleur. Ch[a]mont!

Les précédens, CHAMONT.

CHAMONT.

Puisse le spectacle qui s'offre à mes regards n'êt[re]
point d'un funeste augure! On vous entoure po[ur]
obtenir vos bénédictions, Chamont vous en d[e]mande une.

ACASTO.

Puisses-tu, mon fils, être heureux!

CHAMONT.

En quoi faites-vous consister, mon père, le b[on]heur que vous me souhaitez?

ACASTO.

Dans l'accomplissement de tous tes souhaits.

CHAMONT.

Vous pouvez tous les accomplir en me donn[ant]
cette belle. Je n'ai point fait d'apprentissage d[e]
la science de gagner un cœur, je ne sais point trai[ter]

l'amour avec art ; et comme dans la guerre j'aime surtout les attaques vives, dont l'activité, la résolution, la force, font tout le succès, je porte ce goût dans l'amour. Je vous ouvre subitement mon cœur et vous déploie toute la violence de ma passion.

ACASTO.

Qu'en dis-tu, ma fille? Pourras-tu aimer un soldat? Te paraîtra-t-il digne de ton affection, celui qui naquit pour l'honneur, et que l'honneur éleva, qui respecta toujours celui des autres, qui traita ses ennemis eux-mêmes avec bonté, et dont l'âme est exempte d'orgueil?

SÉRINA.

Ah! ne prononcez pas le mot amour! Ce sentiment ne peut se goûter sans joie, et la joie doit être bannie de mon âme, tant que vous serez en danger. Puisse une fille plus heureuse couronner les vœux de Chamont! Satisfaite d'être son amie, quand je connaîtrai son bonheur, je bénirai le juste ciel qui récompense tant de vertus!

ACASTO.

Cherche à gagner son cœur, Chamont; sa main est à toi, si elle te la donne. Et comme tu deviendras alors mon fils, un tiers de mes biens sera ton partage. * Mais, homme fragile, sois-lui fidèle. Fuis les appâts trompeurs des coquettes légères. La ruine, comme un vautour, suit leurs conquêtes; elles sont tout mensonge, et le fard est sur leur visage comme dans leurs discours. Leurs trompeurs attraits perdent les sots qui les aiment, et ceux qui

les épousent; à ces derniers elles apportent en d
une fausse vertu, une mauvaise réputation et u
fortune délabrée.

MONIMIA, à Polydore.

Entendez-vous, seigneur, ce que dit votre pèr

POLYDORE.

Oui, ma belle moraliste, c'est ainsi que parle
toujours les vieillards*.

AGASTO.

Chamont, vous m'avez entretenu de quelqu
doutes qui vous tourmentaient. Êtes-vous bien s
maintenant que je sois votre ami?

CHAMONT.

Je ne voudrais point perdre cette certitude po
tout le bonheur que je puis souhaiter ici-bas. Qua
à mes craintes, elles se sont évanouies; elles o
cessé de peser sur mon âme, et je ne vous en aff
gerai plus.

AGASTO.

Je vous remercie de cette confiance. Ma fil
vous devez le remercier aussi. Mes amis, il
tard, et mon indisposition semble dissipée : u
vigueur nouvelle se répand dans tout mon être.

CHAMONT.

Le repos achèverait de vous remettre.

AGASTO.

Tu as raison; je vais reposer. Mais comme
vieillards doivent égayer leurs maladies *, fai
que la musique engourdisse et chasse de mon â

la triste pensée de la mort *. Bonne nuit *, mes amis! que le ciel vous conserve tous! bonne nuit! Demain, nous saluerons de bonne heure le jour, et par l'invention de nouveaux plaisirs nous répare-rons le temps perdu.

(Ils sortent tous, excepté Chamont et le chapelain.)

CHAMONT, LE CHAPELAIN.

CHAMONT.

* Un moment, prêtre à la mine sévère, je dési-rerais m'entretenir avec vous.

LE CHAPELAIN.

Avec moi * !

CHAMONT.

Si vous en avez le loisir, monsieur, nous passe-rons une heure ensemble. Il n'est pas assez tard pour se livrer au sommeil, et ce sera de votre part un acte charitable que de causer avec un étranger.

LE CHAPELAIN.

Vous êtes au service, monsieur ?

CHAMONT.

Oui.

LE CHAPELAIN.

J'aime l'état militaire, et je l'aurais embrassé, si mes parens n'avaient pas voulu que je fusse ce que je suis *. Mais toutefois, quoique j'aie pris cet ha-bit, je suis resté honnête homme.

CHAMONT.

Et c'est une merveille. * Y a-t-il long-temps que vous êtes chapelain d'Acasto ?

LE CHAPELAIN.

' Je n'ai pas mesuré le temps qui s'est écoulé depuis que je vis dans cette famille, parce qu'il s'est passé agréablement pour moi. Monseigneur n'est ni hautain, ni impérieux; je n'affecte point un rigorisme insensé : son caractère est excellent, et moi je sais vivre. Les deux fils aussi me traitent civilement, parce que je ne prétends pas être plus sage qu'eux; je ne me mêle d'autres affaires que des miennes propres. * Je me lève de bonne heure; j'étudie avec modération; je mange et bois gaiement, toutefois sobrement; je goûte sans me gêner d'innocens plaisirs : * aussi l'on me respecte, et je ne suis point le bouffon de la famille.

CHAMONT.

Je suis content de vous savoir heureux. (*A part.*) Ce prêtre est d'une plaisante humeur, et peut m'être utile. — Avez-vous connu mon père, le vieux Chamont ?

LE CHAPELAIN.

Oui, je le connaissais, et je fus très-affligé quand nous le perdîmes.

CHAMONT.

Tu l'aimais donc ?

LE CHAPELAIN.

Chacun l'aimait ici; et d'ailleurs il était l'ami de mon maître.

CHAMONT.

Je t'embrasserais volontiers pour ce que tu viens de me dire. Si tu aimas mon père, je pense bien que tu ne voudras point être mon ennemi.

LE CHAPELAIN.

Je ne serai jamais l'ennemi de personne.

CHAMONT.

Alors, dis-moi, je t'en prie, si ma sœur est ai-mée de Castalio. * Pourquoi cet étonnement? Va, va, je sais que par état tu dois connaître tous les secrets de la famille; et si tu es honnête homme, tu peux te montrer mon ami en me dévoilant ce mystère. *

LE CHAPELAIN.

Si votre sœur est aimée de Castalio?

CHAMONT.

Si Castalio l'aime.

LE CHAPELAIN.

* Je ne le lui ai jamais demandé, monsieur, et je m'étonne que vous me fassiez cette question.

CHAMONT.

Je le vois, tu es un hypocrite. Est-il un seul de toute votre race que vos écoles aient laissé honnête homme? L'orgueil de vos supérieurs vous rend es-claves; vous traînez votre vie dans la bassesse et dans le dégoût, et vous n'êtes pas assez libres pour mettre en pratique les principes généreux de cette vérité que cependant vous prétendez enseigner au monde.

LE CHAPELAIN.

Je voudrais que vous eussiez de moi une opinion plus favorable.

CHAMONT.

Si tu veux que j'estime tes fonctions et ton caractère, avoue que tous tes frères sont des misérables, et que votre négoce n'est qu'une friponnerie continuelle. Tu en es un des plus dignes apôtres : informe-toi de tout, prêtre ; car (pèse bien ces paroles) je veux tout savoir. *

LE CHAPELAIN.

Ou il aime votre sœur, ou il l'outrage bien cruellement.

CHAMONT.

Il l'outrage, dis-tu ? Prends garde ; car ces paroles pourraient ouvrir une scène de malheur qui nous perdrait tous. Tu me dis que s'il ne l'aime pas, il l'outrage...

LE CHAPELAIN.

Bien cruellement, monsieur.

CHAMONT.

C'est un secret digne de la fortune d'un monarque. Que te donnerai-je, si tu me le découvres ? Ô toi ! cher médecin des âmes malades, guéris la mienne, en m'expliquant cette énigme.

LE CHAPELAIN.

C'est malgré moi que je suis forcé de ne vous rien dire.

CHAMONT.

* Tu es un honnête homme, alors. Mais pourquoi ne me rien dire ?

LE CHAPELAIN.

Parce que je n'ose.

CHAMONT.

Qui t'effraie ?

LE CHAPELAIN.

Vous, monsieur, à qui je ne dois pas confier ce secret.

CHAMONT.

Pourquoi ? je ne suis point une tête sans cervelle.

LE CHAPELAIN.

Vous le dites.

CHAMONT.

Trêve à la plaisanterie.

LE CHAPELAIN.

Je ne plaisante point. Je ne serai pas assez insensé pour vous confier un secret dont la découverte causerait ma ruine.

CHAMONT.

Tu es donc bien mêlé dans tout ceci ? De quel emploi fus-tu donc chargé ? Maudit soit ce visage gravement composé ! c'est le masque dont se couvrent les misérables qui se chargent de faire réussir les entreprises d'amour [9]; ils prient quand il est nécessaire ; ils parlent du ciel ; ils roulent avec piété les yeux dans leurs orbites ; ils déclament contre le vice ; ils dissimulent ; ils mentent, et, comme les prêtres, ils peuvent même prêcher.

LE CHAPELAIN.

On me traite rarement ainsi, monsieur.

CHAMONT.

Sois donc honnête à la fin.

LE CHAPELAIN.

Serait-ce l'être que de trahir un secret qui m'a été confié ? *

CHAMONT.

Par l'âme révérée de l'honnête et noble mortel à qui je dois la naissance, dis-moi ce que tu sais concernant mon honneur ; et si jamais je révèle ce secret à ton désavantage, puisse cette bonne épée me trahir au milieu du combat ! Puissé-je ne jamais connaître cette heureuse paix de l'âme que tu possèdes, homme bon et pieux !

LE CHAPELAIN.

Il faut céder à l'ardeur de vos prières.

CHAMONT.

Tu vas me confier ton secret.

LE CHAPELAIN.

Oui, monsieur ; mais s'il vous échappe....

CHAMONT.

Jamais je ne te trahirai.

LE CHAPELAIN.

Jurez-le donc !

CHAMONT.

Je le jure par tout ce qui m'est cher ! par l'hon-

neur de mon nom! par le Dieu que j'adore! je ne
découvrirai jamais le secret que tu me confies.

LE CHAPELAIN.

Dans ce jour consacré à la joie, quand toute la
maison était occupée, quand les réjouissances et la
gaieté en remplissaient toutes les salles, comme je
me promenais dans le bois, je rencontrai Castalio
et Monimia.

CHAMONT

Tu les rencontras ensemble dans le bois [10]?

LE CHAPELAIN.

Je savais les y rencontrer; ils m'y avaient donné
rendez-vous. J'y reçus leurs vœux de mariage, et
j'unis leurs deux mains.

CHAMONT.

Comment, mariés?

LE CHAPELAIN.

Oui, monsieur.

CHAMONT.

Alors mon âme est en paix. Et pourquoi différer
si long-temps à me le dire?

LE CHAPELAIN.

Je ne sais point si cet hymen satisfera mon vieux
maître; c'est ce qui m'engageait à ne point découvrir
le mystère.

CHAMONT.

Je ne puis en deviner la cause; mais ce mariage
fait à la hâte et dans les ténèbres ne peut me plaire.
Cet hymen est pour moi couvert d'un voile lugubre.

Garde toujours ton secret : jamais je ne le trahirai
je ne paraîtrai pas même instruit devant le nouvea
couple. Adieu ; fie-toi à ma parole, et sois toujour
sûr de mon amitié.

(Ils sortent.) (¹¹)

CASTALIO, MONIMIA.

CASTALIO.

Le jeune Chamont et le chapelain ! certainemen
ce sont eux. Et que m'importe ce qu'ils se sont dit
ce qu'ils ont résolu ensemble, puisque Monimia es
à moi, quoique ses tristes regards ne soient pas d'u
bon augure pour son bonheur ?—Dis-moi, pourquo
ces yeux baissés? pourquoi ce soupir qui vient té
moigner les déchiremens de ton cœur?

MONIMIA.

Castalio, je pense à ce que nous avons fait. L
puissance céleste nous fut contraire en ce jour, i
n'en faut point douter. Quand votre main fut si ten
drement jointe à la mienne, quand le bon prêtr
prononça les noms sacrés, il se passa une telle révo
lution en moi, que je ne pus empêcher que des lar
mes n'inondassent mes yeux, et qu'un trembl
ment ne se saisît de mon âme. Quel est ce funes
présage?

CASTALIO.

Ah ! tu es toute tendresse; tu es douce et com
patissante comme la nature ! * Souvent, quand on d
sait une triste histoire devant toi, j'ai vu la douc
compassion soulever ton sein. Bannis cet effroi, n

pense plus au danger ; en est-il entre mes bras ? Ils doivent bientôt te recevoir. Va, le secret de ta crainte est trouvé; c'est que le ciel est jaloux. Il lui fâche de te voir appartenir à un' mortel. Ah ! quand je pense à mon bonheur, je suis prêt à perdre la raison ; et si je continue à te louer, je vais tomber dans le délire. * Mais pourquoi le retarder, ce bonheur? La nuit fuit, le jour vient. Cette nuit même je dois être heureux; retire-toi (12), chère amante, et que le sommeil ne ferme pas tes yeux jusqu'à ce que je te joigne.

(Polydore paraît à la porte.)

POLYDORE.

* Avec quelle chaleur s'exprime mon frère * !

MONIMIA.

Cela est impossible. Vous savez que l'appartement de votre père est voisin du mien; le moindre bruit le réveillerait.

CASTALIO.

* Impossible ! impossible ! Est-il possible de vivre un moment sans toi? Laisse-moi voir tes yeux, ils me diront la vérité. Est-ce que tu ne sens aucun désir? Es-tu toujours cette vierge froide..... Non; tes regards m'apprennent le contraire. Retire-toi, chère amie; bientôt tous tes désirs seront satisfaits.

MONIMIA.

Ce n'est qu'une nuit, Castalio; pour une nuit donnez un frein à votre ardeur.

CASTALIO.

Quand tu auras le pouvoir d'arrêter le flux de la

mer, et de calmer les flots au milieu d'une tempête, je pourrai vaincre mes désirs*. N'ajoute rien, chère amante; mais dis-moi quel sera le signal de notre bonheur, de ce bonheur que je goûterai sans regretter ma liberté perdue.

MONIMIA.

Frappe trois coups à la porte de la chambre; à ce signal on l'ouvrira : mais ne dis pas le moindre mot ; car on pourrait l'entendre, et nous serions trahis tous deux.

CASTALIO.

Oh ! n'en doute point, Monimia; nos joies seront silencieuses comme l'extase des purs esprits, quand ils s'unissent par l'intelligence. * Nos sens seront noyés dans d'immortels plaisirs; notre raison fuira loin de nous, et il ne nous restera que la faculté d'aimer. * Adieu, chère amie.... et d'abord un baiser. Chaque minute qui se passe m'est odieuse, quoiqu'elle m'amène un avenir bien désiré. (*Monimia sort.*) Mon frère errant à cette heure, et de ce côté !

POLYDORE, qui avance.

Castalio !

CASTALIO.

Mon cher Polydore, comment te portes-tu ? Comment se porte notre père ? est-il bien remis?

POLYDORE.

Je l'ai laissé heureusement endormi. Cet heureux vieillard conserve toujours la gaieté de la jeunesse. Mais comment se porte la belle Monimia?

CASTALIO.

Bien, sans doute. Une beauté cruelle, et qui se voit adorée, n'est-elle pas toujours heureuse et satisfaite ?

POLYDORE.

Est-elle encore la même ? Ne pouvons-nous pas espérer que, comme nous, cette beauté est une mortelle ?

CASTALIO.

Elle ne serait pas femme autrement. Cependant je suis fatigué d'espérer toujours, et nous nous sommes égarés trop long-temps dans un désert infertile.

POLYDORE.

Cependant on peut trouver un soulagement inattendu, et la douce manne de l'amour peut tout à coup tomber dans ce désert. L'avez-vous vue aujourd'hui ?

CASTALIO.

Non ; cette beauté m'évita. * Son frère est devenu jaloux d'elle ; il a fait paraître quelques inquiétudes à mon père. * Je ne voudrais point être mêlé là-dedans ; et tu devrais aussi te décider, Polydore....

POLYDORE.

A quoi ?

CASTALIO.

A laisser à elle-même cette irascible beauté.

POLYDORE.

Abandonner mon amour ! J'aimerais autant quitter mon poste, et m'enfuir comme un lâche à l'heure du combat. Non; je veux la poursuivre jusqu'à ce qu'elle me cède, ou jusqu'à ce qu'elle m'échappe en cédant à un autre.

CASTALIO.

Il est vrai qu'elle possède une beauté qui pourrait rompre les alliances des plus puissans monarques, et remplir le monde de querelles; mais j'ai des raisons puissantes qui te persuaderaient, si elles t'étaient connues.

POLYDORE.

Dis-les-moi donc, alors. Quelles sont-elles? êtes-vous venu sous sa fenêtre pour les apprendre? Castalio, prenez garde; agissez honnêtement avec votre frère et votre ami. Croyez-moi; je ne suis point tellement aveuglé par l'amour, que je ne voie clairement que vous voulez me tromper. Cessez de prétendre à cette belle.

CASTALIO.

* Vous ne méritez pas ce sacrifice, vous qui ne voulez pas croire votre frère sur sa parole *.

POLYDORE.

Vous avez des raisons, dites-vous, qui doivent m'engager à cesser ma poursuite; pourquoi me les cacher?

CASTALIO.

Je vous les dirai demain. C'est un sujet d'une telle importance, qu'avant de vous entretenir il faut que je me consulte. Mais, je vous en prie, même avant que tout vous soit connu, cessez de croire que Castalio ait trompé son ami.

POLYDORE.

Quand vous cesserez de voir Monimia sans m'en
avoir averti, et de nier lâchement de l'avoir rencon-
trée quand je vous interroge, je cesserai de croire
que Castalio trahit son frère. Ne vous ai-je pas vu
la quitter à l'instant même?

CASTALIO

Il paraît que vous m'avez espionné.

POLYDORE.

L'espionnage est indigne de moi.

CASTALIO.

Je vous en prie, évitez ce dont vous pourriez
vous repentir.

POLYDORE.

C'est me dire de ne plus m'unir à vous pour aucun
dessein.

CASTALIO.

Puisque vous êtes en colère, Polydore, bonne
nuit.

(Il sort.)

POLYDORE.

Bonne nuit, Castalio, puisque vous êtes si pressé.
Il ne s'imagine pas que j'aie entendu Monimia lui
donner rendez-vous; mais il s'est retiré, pour revenir bientôt prendre possession de cette belle qui
m'est si chère. Voilà mon espérance dans sa crise.
Ou maintenant, ou jamais, il faut renverser son complot par un autre complot; il faut supplanter cet
aîné si heureux. Quoi que nous entreprenions, il
prend toujours son essor au-dessus du mien, et partout il fait valoir son droit de naissance. Cordélio!

POLYDORE, CORDÉLIO.

CORDÉLIO.

Seigneur !

POLYDORE

Approche ici. Le mensonge impudent est écri
sur ton visage, et tu pourras faire fortune par l
suite. Mais saurais-tu garder un secret, flatter to
maître dans ses folies, et le servir dans ses plaisirs

CORDÉLIO.

Je ferai tout ce qui est en mon pouvoir, seigneu
et Cordélio vous sera toujours fidèle. Ordonne
j'obéirai. Je suis agile, et sais épier les gens; je fe
rais parvenir une lettre jusqu'au corsage d'ur
belle dame. Je ne suis point maladroit, et ce qui n
manquera je l'apprendrai bien vite.

POLYDORE.

Ce serait pitié de ne point se servir de pareill
dispositions. Va trouver mon frère, qui maintena
est retiré dans son appartement, et se prépare
goûter le repos. Tâche de l'entretenir pendant qu
ques instans; conte-lui quelque histoire qui plai
à ses oreilles; invente un conte, n'importe lequ
S'il me demande, dis-lui que je me livre au so
meil, et que je t'envoye pour savoir s'il ve
chasser demain. (C'est bien, Polydore; dissimu
avec ton frère; c'est un point nécessaire.) Ne
quitte point jusqu'à ce que tu l'aies vu couché. (
si par hasard il sortait, et venait par-ici, suis-l
ne le quitte pas, et fais-lui mille offres de servic

Peut-être enfin se mettra-t-il en colère; alors retire-toi, et veille jusqu'à ce que je rentre. Va ; si tu
remplis bien cette commission, je me servirai encore de toi.

CORDÉLIO.

Je réussirai, seigneur; car il a toujours été bon
envers moi. Il m'a souvent pris sur ses genoux; il
m'a souvent donné des confitures. Il m'appelait son
bel ami, et me demandait ce que les filles suivantes
disaient pendant les nuits.

POLYDORE.

Cours vite, et réussis dans ce que tu vas entre-
prendre. (*Cordélio sort.*)—Me voilà seul, et méditant une action coupable ; * car est-il bien de tromper un frère ? — Je connais le signal. — J'ai besoin
de l'art de Protée, pour que le malheureux Polydore se change en l'heureux Castalio. — Et quand
mon frère abusé donnera le signal auquel on ne
prendra pas garde alors, de quelle joie malicieuse
ne serai-je point rempli ? * *Frappe trois fois à la
porte de la chambre ; mais ne dis pas le moindre
mot, car on pourrait l'entendre, et nous serions trahis
tous deux.* Que j'aime une maîtresse qui s'efforce de
cacher son bonheur et celui de son amant, et dont
l'esprit, qui sait charmer l'âme elle-même, donne
une double saveur au plaisir ! Sois-moi favorable
en cet instant, ô ciel ! Sois-moi propice pour une
heure, puis dispose ensuite de moi comme il te
plaira. (*Il frappe les trois coups.*) Monimia !
Monimia !

LA SUIVANTE de Monimia à la fenêtre.

Qui est là ?

POLYDORE.

C'est moi.

LA SUIVANTE.

Le seigneur Castalio !

POLYRORE.

Lui-même. Et ma chère Monimia ?

LA SUIVANTE.

Vos délais cruels l'étonnent beaucoup. Vous ave[z] tardé si long-temps, qu'au moindre bruit que fai[t] le vent elle demande si ce n'est point le bruit, d[e] vos pas.

POLYDORE.

Avertis-la de ma présence, et ouvre-moi l[a] porte. (*La suivante quitte la fenêtre.*) Maintenant Castalio, triomphe, et entretiens tes pensées d[u] bonheur qui t'est promis. (*On ouvre la porte.*) O[n] ouvre. Ah ! d'où vient que je tremble à l'insta[nt] d'être heureux ? (12 bis.)

(Il entre.)

CASTALIO, CORDÉLIO.

CORDÉLIO.

La journée de demain sera belle. Nous chasseron[s] n'est-ce pas, seigneur ?

CASTALIO.

Ne finiras-tu point tes discours ? Demain je rest[e]rai chez moi ; si ton maître désire chasser, il pe[ut]

se servir de ma meute. Va, laisse-moi; il faut que
j'aille reposer.

CORDÉLIO.

Si vous voulez, seigneur, je veillerai près de
vous, et je vous endormirai par mes chansons.

CASTALIO.

Non, mon cher enfant; la nuit est si avancée, et
mes sens sont tellement engourdis, que je n'aurai
pas de peine à m'endormir. Adieu. Mes complimens
à mon frère.

CORDÉLIO.

Oh! vous ne connaissez pas la dernière chanson
que j'ai apprise. C'est une belle chanson vraiment!
On y parle de monsieur et de madame vous savez
qui, que l'on a surpris vous savez où. Seigneur,
elle dit tout cela ma chanson.

CASTALIO.

Alors, monsieur, vous méritez le fouet. Pourquoi
donc apprendre de pareilles chansons? (*A part.*)
Que veut dire en cet instant l'impertinence de
ce page?

CORDÉLIO.

Et que dois-je donc chanter, monseigneur?

CASTALIO.

Des psaumes, Cordélio, des psaumes.

CORDÉLIO.

Les enfans qui vont à l'école apprennent des psaumes; mais les pages, qui sont mieux élevés, apprennent des chansons satiriques.

CASTALIO.

C'est bien; laisse-moi, j'ai besoin de repos.

CORDÉLIO.

* Ah! l'autre jour, quand je vous ai dit la couleur du ruban qui, pendant la nuit, retient la chevelure de madame Monimia[13], vous m'avez promis un petit cheval. Je ne vous dirai plus rien, si vous ne tenez pas votre parole.

CASTALIO

C'est bien, c'est bien. Demain tu me le demanderas. *

CORDÉLIO.

Vraiment, seigneur, je ne puis vous quitter.

CASTALIO.

Pourquoi? t'a-t-on commandé de suivre mes pas?

CORDÉLIO.

Non, non vraiment, seigneur, on ne m'a rien commandé; mais...je sais ce que je sais.

CASTALIO.

Que sais-tu donc? (*A part.*) Par le ciel! que veut dire tout ceci?

CORDÉLIO.

Oh! je sais qu'est-ce *qui* aime *quelqu'un.*

CASTALIO.

Et qu'est-ce que cela me fait, mon enfant?

CORDÉLIO.

Oui; mais je sais *qui* vous aime.

CASTALIO.

Miracle ! Je t'en prie, dis-le-moi ?

CORDÉLIO.

C'est... c'est... Je sais qui... mais me donnerez-vous le petit cheval ?

CASTALIO.

Oui, mon cher Cordélio.

CORDÉLIO.

C'est madame Monimia, voyez-vous. Mais ne lui dites pas que je vous l'ai dit ; elle ne me donnerait plus rien. Elle parlait de vous, non pas en plein jour, mais à l'heure où d'ordinaire on repose [14].

CASTALIO.

Te parlait-elle de moi, Cordélio, à l'heure où d'ordinaire on repose ?

CORDÉLIO.

Oui, et je lui chantai la chanson que vous avez faite. Elle soupirait ainsi ; tenez, voilà comme elle baissait languissamment les yeux ; * son sein se soulevait doucement, et quoique ce spectacle ne pût me déplaire, il me faisait rougir. *

CASTALIO.

Écoutons. Quel est ce bruit ? Tiens, voilà pour toi ; mais sors à l'instant, petit flatteur, quitte-moi. *Cordélio sort.*) — Chut ! ce n'est qu'une illusion, car tout est silencieux. La nature goûte le repos. Le mouvement perpétuel a cessé ; les élémens sont en paix ; les troupeaux se sont retirés des champs ; les poissons dorment sur les bords ou dans le limon des fleuves, au bruit de l'onde qui murmure; l'air n'est point agité, et l'on n'entend aucun autre bruit que celui des branchages, dont le balancement berce les nids des oiseaux. * C'est maintenant que, guidé par l'amour, je vais dans les bras de Monimia. Sûrement Polydore repose aussi. * Je ressemble à l'avare qui se dérobe pendant la nuit aux regards des importuns, pour aller visiter son or. * (*Il frappe les trois coups.*) Son ardeur n'a pu supporter un si long retard, et son pauvre cœur bat maintenant dans le sommeil. Monimia! mon ange! — Combien paraissent longs les momens de l'attente même la plus douce à un cœur dévoré comme le mien de désirs! Mon âme s'échappe toute entière vers ce bonheur qu'on me fait cruellement attendre. — Frappons une fois encore.

(Il frappe de nouveau.)

LA SUIVANTE.

Qui est là? Qui vient ainsi troubler notre repos?

CASTALIO.

C'est moi.

LA SUIVANTE.

Qui êtes-vous? Quel est votre nom?

CASTALIO.

Castalio, sans doute.

LA SUIVANTE.

Je ne vous connais point. Le seigneur Castalio n'a pas affaire ici.

CASTALIO.

Que dites-vous ?.... Prenez garde.... Que signifie
tout ceci ? Qui que tu sois, je t'ordonne d'aller en
hâte avertir Monimia que j'attends ici mon arrêt.

LA SUIVANTE.

Qui que vous soyez, vous pourrez vous repentir
de cet outrage. Le repos de madame ne doit pas être
troublé. Bonne nuit !

CASTALIO.

Oui, je dois troubler son repos. Va ; dis-lui que
l'attente m'est insupportable, et qu'elle ne s'oppose
pas plus long-temps à couronner ma fidélité et à satisfaire ses propres désirs.

LE SUIVANTE.

Sûrement cet homme est fou.

CASTALIO.

En effet, si je t'écoutais plus long-temps je devien-
drais insensé. Obéis-moi, sinon j'escalade la fenêtre,
et j'entre par force : il en arrivera ce qui pourra.
Les propos de cette créature me troublent la raison.

LA SUIVANTE.

Madame répond que vous pouvez partir, qu'elle
vous connaît, que vous êtes Polydore, envoyé par
Castalio pour l'insulter.

CASTALIO.

Je ne le croirai jamais.

LA SUIVANTE.

Cependant vous devez le croire, monsieur.

CASTALIO.

Que le ciel te maudisse !

LA SUIVANTE.

La nuit est froide, et pourra calmer la fièvre qu
allume votre sang. Bonne nuit.

CASTALIO.

Femmes ! femmes ! vous êtes tout imposture ! C
refus est un tour préparé pour tourmenter mo
facile caractère, pour déchirer mon cœur. Mainte
nant que je suis dans ses chaînes, elle veut domi
ner ; maintenant qu'elle tient les rênes, elle veu
me réduire. Il n'est pas maladroit de m'ôter mo
courage, pour m'outrager ensuite à volonté. O tou
ment ! Son impudence espère-t-elle que je suppor
terai cet affront ? Il me jette dans le délire… Moni
mia, ta tyrannie ne sera pas de longue durée. Qu
le jour de demain vienne, qu'il vienne seulement
et nous verrons si tous tes artifices sauront apaise
mon courroux. Jusque-là, cette place détestée ser
ma couche. Là, je méditerai tous les vices des fem
mes, et, riant de moi-même, je maudirai ce se
inconstant. Infidèle Monimia ! O Monimia !

(Il se couche à terre)

CASTALIO, ERNESTO.

ERNESTO.

Ou mes sens m'ont abusé, ou j'ai entendu d
plaintes. Il est tard, et nul homme dont l'esprit
en repos ne peut se promener maintenant.

CASTALIO.

Qui est là ?

ERNESTO.

Un ami.

CASTALIO.

Si tu es l'ami de Castalio, retire-toi.... Quitte ces lieux, je veux être seul.

ERNESTO.

Castalio ! seigneur, pourquoi vous trouvé-je dans cette posture, étendu sur la terre ? Levez-vous, mon cher maître, votre vieux serviteur Ernesto vous en conjure.

CASTALIO.

Si tu es Ernesto, comme ces paroles affectueuses me le font croire, abandonne un insensé.

ERNESTO.

Je ne vous quitterai pas avant d'avoir appris la cause de votre désespoir. Rappelez-vous que ces bras vous portèrent dans votre tendre enfance; que j'étais de tous vos jeux ; que vous m'aimâtes étant bien jeune. Ne me congédiez pas maintenant, et laissez-moi vous servir.

CASTALIO.

Tu ne peux me servir.

ERNESTO.

Pourquoi ?

CASTALIO.

C'est que l'image d'une femme trouble mes pensées, et que les femmes ne peuvent plus te faire aucun mal, pauvre malheureux !

ERNESTO.

Je les hais toutes.

CASTALIO, se levant.

Alors, Ernesto, je suis ton ami. J'abandonnerais l'empire du monde pour l'amitié de quiconque hait les femmes. Les femmes, cette source de toutes les faiblesses humaines! de quels maux affreux n'ont-elles pas été cause! Qui livra le Capitole? une femme. Qui fit perdre l'empire à Marc-Antoine? une femme. Par qui fut allumée cette guerre de dix ans, qui réduisit en cendres l'antique ville de Priam? par une femme. La femme fut donnée à l'homme pour le rendre heureux aux jours de la première innocence et du premier amour. Pendant un temps ils vécurent heureux dans le paradis; mais bien vite la femme s'égara, cherchant de nouvelles aventures. Le premier diable qu'elle rencontra la rendit infidèle. Elle succomba lâchement à ses tentations, et damna le monde pour une pomme.

FIN DU TROISIÈME ACTE.

ACTE QUATRIÈME.

★ ACASTO seul.

Béni soit le matin qui m'a rendu la santé ! Un repos heureux a chassé la douleur, et j'oublierai que j'ai souffert, bien que le calme ne règne point dans mon âme. J'ai le cœur oppressé de tristesse, je frémis sans savoir pourquoi. De sombres rêves, enfans d'une imagination malade, se sont toute la nuit joués de ma raison. Je crus que le corbeau de minuit avait crié ; ce bruit imaginaire me réveilla, les rideaux de mon lit s'agitèrent, et mes fils apparurent à mes pieds, pâles et les membres raidis comme des morts qui reviennent. Je voulus parler, mais je ne pus pas ; et soudain les fantômes s'évanouirent dans un nuage de sang. Ce rêve bizarre a troublé mon âme ; il ne fut cependant que l'effet d'un sang troublé par la maladie. Quand le corps souffre, l'esprit s'égare.

ACASTO, POLYDORE.

ACASTO.

Bonjour, Polydore.

POLYDORE.

Que le ciel veille sur vous, seigneur !

ACASTO.

Avez-vous vu Castalio aujourd'hui ?

POLYDORE.

Seigneur, il est de très-bonne heure ; mon frère est à peine levé.

ACASTO.

Appelez-le, et venez me rejoindre à la chapelle. (*Polydore sort.*) Je ne puis croire que cette nuit se soit passée tranquillement ; car tandis que j'étais éveillé dans mon lit (et ma raison alors gouvernait certainement mes sens), je crus entendre la voix de mon fils Castalio ; il me sembla qu'il se plaignait sous ma fenêtre d'un ton bas et lugubre. Ma raison, quoique troublée, n'a pu cependant me tromper en tout, et je veux découvrir la vérité.

ACASTO, MONIMIA et FLORELLA.

ACASTO.

Déjà levée, Monimia ! C'est sans doute pour rivaliser l'éclat du jour naissant que vous sortez si matin ? Ou peut-être votre repos a-t-il été troublé ? Peut-être quelques mauvaises pensées vous ont-elles empêché de dormir ?

MONIMIA.

Quelles que soient mes pensées, votre exemple m'a appris à corriger ce qu'elles ont de mal, et je suis prête à en rendre compte le matin comme le soir.

ACASTO.

Douce fille, pardon ! je ne veux vous faire aucun

reproche, et quand je le voudrais, je serais désarmé par votre douceur. Ou je m'abuse, ou vous êtes aujourd'hui plus belle qu'à l'ordinaire. Votre beauté resplendit sur votre visage, et vos yeux brillent d'un doux éclat.

MONIMIA.

Vous ne devriez pas vanter, seigneur, ce peu d'appas que j'ai reçu du ciel; vos louanges pourraient me rendre orgueilleuse.

ACASTO.

Orgueilleuse des louanges d'un vieillard! Non, Monimia, elles doivent peu te flatter; en revanche si tu peux tenir à mes prières, tu n'y es pas oubliée; et si le ciel les exauce, tu ne manqueras point de bonheur. — Avez-vous entendu du bruit cette nuit?

MONIMIA.

Du bruit, seigneur?

ACASTO.

Oui, vers minuit.

MONIMIA.

Je n'ai rien entendu.

ACASTO.

En êtes-vous bien sûre? Allâtes-vous de bonne heure vous coucher?

MONIMIA.

A l'heure ordinaire. (*A part.*) Pourquoi cette enquête?

ACASTO.

Votre suivante alla-t-elle se coucher aussi?

MONIMIA.

Je le lui ordonnai, et rarement elle a désobéi à
mes ordres.

ACASTO.

Il faut donc que des démons ou des fées habitent
ce manoir ; je vais interroger toute la maison , et je
trouverai la cause de ces désordres. Bonjour, Monimia. Je me rends à la chapelle.

(Il sort.)

MONIMIA.

Après avoir donné quelques ordres à ma suivante,
je vous y rejoindrai, seigneur. Je crains que le
prêtre ne nous ait trahis. Si nous le sommes, mon
pauvre Castalio perd tout pour moi. Je m'étonne de
la précipitation avec laquelle il m'a quittée ; n'était-
elle pas inhumaine ? Florella , ne l'était-elle pas ? A
peine s'il me dit quelques doux mots d'adieu. Il
fut si froid à son départ ! Le baiser qu'il me donna
ressemblait au compliment forcé d'un amour trop
satisfait. Plût au ciel que je ne fusse pas mariée !

FLORELLA.

Pourquoi ?

MONIMIA.

Il me semble que tout est changé : je ne suis plus
la même. Par cet hymen, j'ai fait peser sur mon
âme un poids de chagrins et d'inquiétudes que les
dieux savent seuls comment je supporterai. Un mari
peut être jaloux, cruel, infidèle ; et si Castalio avait
l'un de ses défauts, mon cœur est si tendre, mon
amour si délicat, que mon repos serait détruit pour
jamais.

LA SUIVANTE.

Madame, il vient.

MONIMIA.

Il vient, Florella, il vient! Ne te trompes-tu pas?
Retournons dans mon appartement; c'est là que je
veux le voir. Les mystères de notre amour doivent
être cachés, comme ceux de la religion, aux regards profanes du vulgaire.

(Monimia sort avec sa suivante.) *

CASTALIO seul.

Il arrive, le matin tant désiré! Maintenant,
dans les plaines et sur le sommet des montagnes
lointaines où ils font paître leurs troupeaux, les
heureux bergers quittent leurs cabanes rustiques,
et célèbrent sur leurs pipeaux la naissance du jour.*
Le robuste laboureur vient aux champs avec son
panier rempli d'une nourriture saine qui doit satisfaire l'appétit à venir; il va labourer la terre recon-
naissante, qui lui donnera des fruits pour prix de
son labour. Les bêtes, qui toute la nuit dormirent
abritées par des haies, se dressent sur leurs jam-
bes, et, se tournant vers les pâturages, élèvent
leurs voix et saluent leurs compagnes. Les oiseaux
joyeux s'assemblent en chœur sous le feuillage, et
chantent le lever du soleil. * Il n'est pas de condi-
tion aussi malheureuse que la mienne. * Je suis
marié! c'est fait de moi. Qu'Hercule, enchaîné à
une quenouille, me paraît méprisable! * Monimia,
oh! Monimia!

CASTALIO, MONIMIA, et sa suivante.

MONIMIA.

Je viens me précipiter dans les bras de mon adoré
Castalio, le souverain de mes désirs : puisse chaque
journée, semblable à celle qui commence, voir se
renouveler notre amour. * Maintenant vous êtes
certain, j'espère...

(Elle le regarde d'un œil languissant.)

CASTALIO.

Je suis certain que tu es... * Oh !

MONIMIA.

Quoi ? parle. Ne te sens-tu pas bien, Castalio ?
Viens, pose ta tête sur mon sein, et dis à Monimia
où est ta douleur.

CASTALIO.

Elle est ici, elle est dans ma tête, elle est dans
mon cœur, elle est partout ; c'est comme un poison
qui m'égare : j'ignore comment je suis encore pos-
sesseur de ma raison. * Ne vous étonnez point, Monimia ; cet esclave, que vous croyez avoir en moi,
vient de rompre sa chaîne, et marche orgueilleuse-
ment dans son indépendance.

MONIMIA.

Ne suis-je point votre femme, votre bien-aimée
Monimia ? Je l'étais naguère, ou j'ai bien étrange-
ment rêvé. Qu'est-ce qui te fait souffrir, cher amant ?

CASTALIO.

Si Castalio te fut cher dans tes rêves, éveillée, tu

ne l'aimas jamais. * N'usez plus, Monimia, des artifices de votre sexe ; ce serait un soin inutile. Je ne
suis point fait pour être l'instrument docile de tous
vos désirs ; je suis un homme, j'ai tout l'orgueil d'un
homme, et je ne veux point être esclave.

MONIMIA.

Vous n'avez rien à craindre : mon caractère est
facile, et je vous serai toujours soumise. Je n'aurai
d'autres priviléges que ceux que vous m'accorderez ;
votre volonté sera ma loi : je vous obéirai, seigneur.

CASTALIO.

Oui, madame, vous m'obéirez ; par le ciel, vous
m'obéirez. Je vous tyranniserai le jour ; la nuit, je
vous délaisserai. * Vous ne serez qu'une esclave domestique sur laquelle je ferai peser de continuelles
afflictions *, et vous ne deviendrez mon épouse que
pour satisfaire mes désirs quand il m'arrivera d'en
avoir ; car... tu as outragé Castalio.

MONIMIA.

N'ajoute rien ; ou tue-moi, ou dis-moi mon offense : je ne te quitte point. Ainsi prosternée, je te
suivrai tout le jour jusqu'à ce que mes genoux se
déchirent ; je m'attacherai à toi comme une pauvre
créature qui se noie. Castalio ! * Castalio ! *

CASTALIO.

Laisse-moi. La nuit dernière ! la nuit dernière !

MONIMIA.

Ce fut la première nuit de nos noces.

CASTALIO.

C'en est assez... oublie-la.

MONIMIA.

Pourquoi? vous repentez-vous de notre hymen?

CASTALIO.

Oui, madame.

MONIMIA.

O ciel! et vous me laissez ainsi? Aide-moi, Florella, aide-moi à retenir cet homme cher et cruel. (*Comme elle s'est attachée aux vêtemens de Castalio, il la traîne jusqu'à la porte, là seulement il s'en débarrasse et sort.*) * Oh! mon cœur va cesser de battre... je me meure. Ah!... du courage : ne cédons point à cette faiblesse de femme. Laissons mon cœur se gonfler d'outrages, jusqu'à ce que, impatient de cet horrible poids, il se brise, et du même coup porte la mort dans le sein qui le renferme.

LA SUIVANTE.

Quelle triste méprise a causé tout ce désordre? *

MONIMIA.

Castalio! Oh! combien souvent il a juré que la nature changerait, que le soleil et les astres s'obscurciraient, avant qu'il fût infidèle! Confusion des élémens, hâte-toi; soleil, perds ta lumière; astres malheureux, tombez expirans sur la terre, car il est infidèle.

LA SUIVANTE.

* Jour fatal! *

MONIMIA.

Inconstant comme le vent, comme l'onde, comme

l'air, il a la cruauté du tigre acharné sur sa proie :
je le sens dans ma poitrine, il me déchire le cœur,
et à chaque soupir il boit le sang qui en découle.
Dois-je souffrir long-temps?

Les précédens, CHAMONT.

CHAMONT.

Monimia dans les larmes !

MONIMIA.

Qui que tu puisses être, laisse-moi seule à mon
bien-aimé désespoir.

CHAMONT.

Lève tes yeux, et vois qui vient te consoler. Dis-
moi tes outrages, et mon âme n'aura point de repos
que je ne t'aie fait rendre justice.

MONIMIA.

Mon frère !

CHAMONT.

Oui, Monimia ; si tu penses que je mérite ce nom,
je suis ton frère.

MONIMIA.

O Castalio !

CHAMONT.

Que dis-tu? Ah! répète encore ce nom fatal : ce
nom veut beaucoup dire. Mon âme souffrira les tourmens de l'enfer jusqu'à ce que je sache tout : je n'i-
gnore pas que tu es son épouse ; confie-moi ce qui
depuis cet hymen...

MONIMIA.

Si je m'afflige, la faiblesse de ma nature en est seule cause : il m'arrive souvent d'être saisie par un soudain chagrin sans savoir pourquoi.

CHAMONT.

Vous m'outragez par cette défiance, Monimia, et je pourrais juger très-sévèrement cette manière d'agir avec votre frère.

MONIMIA.

Véritablement, je ne suis point blâmable. Supposez que je sois insensée, et que je m'afflige de ce dont un autre se réjouirait. Dois-je pour la première faute accuser le plus cher ami que j'aie sur la terre? A ma place, le feriez-vous?

CHAMONT.

Non, si j'étais sûr qu'il fût mon ami,

MONIMIA.

Pourquoi donc vous offenser de ma conduite envers vous? Je ne vous ai jamais caché les secrets de mon âme : maintenant épargnez-moi, et ne sondez pas plus avant mes blessures, si vous ne voulez pas faire souffrir bien cruellement mon cœur.

CHAMONT.

S'il est si tendre, c'est qu'il est malade : il faut le guérir. Où est votre nouvel époux? Ce mot vous trouble encore. Quoi! vous ne me répondez qu'avec des larmes? Castalio! elles coulent à ce nom; et si j'ajoute : cruel, inhumain Castalio! n'exprimerai-je point ce que ce cri de Castalio veut dire?

MONIMIA.

Je ne puis parler ; mon chagrin m'oppresse, et ne me permet point de vous informer de ce qui le cause. Hélas !

CHAMONT.

Ma chère Monimia, tu es aussi chère à mon âme que l'honneur est cher à mon nom. ＊ Tu m'es précieuse comme la lumière à des yeux qui viennent de de lui être rendus. ＊ Pourquoi ne veux-tu pas confier à mon cœur les angoisses qui déchirent le tien ?

MONIMIA.

Hélas ! je n'ose.

CHAMONT.

Je n'ai que toi qui m'aime au monde : nous devons avoir une mutuelle confiance, nous sommes deux malheureux orphelins ; et quand je te vois dans la douleur, il me semble que c'est une partie de moi-même qui souffre.

MONIMIA.

＊ Ah ! si tu savais la cause de mes plaintes, je suis sûre, Chamont, que tu mépriserais la délaissée Monimia, que tu ne vanterais plus sa beauté. Mais quand tombée dans la démence je serai renfermée dans quelque cachot, lorsque mes cheveux se hérisseront comme ceux des furies, quand mes pauvres membres seront enchaînés à terre, et qu'au lieu des plaisirs que goûtent les amans heureux les coups le fouet d'un gardien, un lit de paille, des alimens grossiers dans un plat de bois, seront mon partage, je t'en prie, sois charitable, plains-moi ; car l'idée que tu me plaindras console mon cœur.

CHAMONT.

Pourquoi veux-tu mettre si long-temps mon âme à la torture? Satisfais ma curiosité, ou je vais perdre l'usage de ma raison. *

MONIMIA.

Serez-vous discret?

CHAMONT.

Comme la tombe.

MONIMIA.

Mais quand je vous aurai tout dit, saurez-vous mettre des bornes à votre colère? ne ferez-vous point quelque éclat dont les suites pourraient être horribles? Car véritablement, Chamont, vous ne pourriez croire avec quelle barbarie m'a traitée celui dont mon âme est esclave, et qui lui fait sentir tout le poids de sa tyrannie.

CHAMONT.

Je serai calme. Castalio t'a-t-il outragée? son amour s'affaiblit-il déjà? qu'a-t-il fait? Réponds vite, car l'attente de ton douloureux récit me fait trembler dans tous mes membres.

MONIMIA.

Oh! pourriez-vous le penser!

CHAMONT.

Quoi?

MONIMIA.

Je crains qu'il ne me tue.

CHAMONT.

Ah!

MONIMIA.

Sa cruauté est si grande envers moi, que, si elle dure, mon cœur se brisera.

CHAMONT.

Qu'a-t-il fait?

MONIMIA.

Il me traita comme la dernière des esclaves. Quand ce matin * (et vous savez, ô dieux, combien dans mes bras il m'avait montré de tendresse!); * quand ce matin nous nous revîmes, lorsque je courais embrasser le souverain de mes désirs, oh! alors...

CHAMONT.

Continue.

MONIMIA.

Il me repoussa loin de son cœur comme un péché détestable.

CHAMONT.

Comment ?

MONIMIA.

Je m'attachai à lui, je me jetai à ses pieds pour qu'il me dît la cause de son courroux; alors il me traîna sur la terre , et n'eut pas pitié de mes cris.

CHAMONT.

Explique-toi. Te rejeta-t-il loin de lui avec dédain ?

MONIMIA.

Oui, mon frère; * et je crains que nos cœurs soient pour jamais désunis, quoique je l'aime toujours avec la même ardeur. *

CHAMONT.

Quoi donc, il te traîna sur la terre?

MONIMIA.

Il a eu cette cruauté.

CHAMONT.

Tu seras vengée, ma sœur ; il mordra la poussière sur laquelle il t'a traînée. Si je te pardonne, Castalio, puisse la nature réunir sur moi les maux qu'elle disperse entre les pauvres humains [15]! puissé-je recevoir le nom de traître !

MONIMIA.

Maintenant, Chamont, tu n'es pas moins cruel que lui. Ne m'as-tu point fait promesse de dissimuler ma disgrâce ? * Pourquoi l'immoler? J'en atteste mon amour, ce faible bras le vengerait. * Hélas! je l'aime encore; et quoique je ne doive plus jamais le presser dans ces bras qui le désirent, cependant, ô ciel! que ta bénédiction accompagne en tous lieux ses pas.

Les précédens, ACASTO.

ACASTO.

Sûrement quelque triste sort me menace : un étrange désordre règne dans ma maison. *Tous mes serviteurs portent sur leurs visages le trouble et l'égarement ; ils semblent aussi terrifiés qu'un lâche à l'instant du péril. * Dans ce moment même, je rencontrai Castalio...

CHAMONT.

Castalio! le traître!

ACASTO.

Ah!

CHAMONT.

Oui, votre fils est un traître.

ACASTO.

Prends garde! jeune soldat, prends garde de ne point blesser la réputation d'Acasto. J'ai une épée, la vieille connaissance de mon bras. C'est toi-même qui es un traître.

CHAMONT.

Maudite soit ta misérable vieillesse, qui m'empêche de me précipiter sur toi, et d'extirper la racine de l'arbre que je déteste.

ACASTO.

Ingrat! mon vieil ami ne fut certainement pas ton père. Il n'est rien de lui dans toi. Que t'a fait mon vieil âge, pour que tu l'outrages ainsi? Jeune homme, si je voulais te remettre en la mémoire....

CHAMONT.

Parle!

ACASTO.

Mon mépris veut t'épargner.

CHAMONT.

Non, rappelle-moi tous tes bienfaits, pour que je sache qui pèse plus dans la balance d'eux ou de mon outrage. — Ah! n'est-ce point le vieil Acasto? Qu'ai-je fait?... Me pardonnerez-vous cet outrage?

ACASTO.

Que demandes-tu ?

CHAMONT.

La passion m'entraîna trop loin ; je vous en prie, seigneur, pardonnez-moi.

(Il se jette aux pieds d'Acasto.)

ACASTO.

Jeune homme, ne me raille point ; je puis me venger d'un outrage.

CHAMONT.

Je le sais, Acasto ; mais ayez pitié d'un insensé ; pardonnez-lui.

ACASTO. Il le relève.

Je te pardonne ; mais à l'avenir sois moins emporté. Quelle est la cause de ton trouble ?

CHAMONT.

Je suis blâmable, mais je ne mériterai plus vos reproches ; car vous avez été mon père ; (*montrant Monimia*) vous avez été son père aussi.

ACASTO.

Point d'exorde ; dis sur-le-champ ce que tu veux dire.

CHAMONT.

Quand vous la prîtes sous votre tutelle, c'était une tendre fleur qui ne venait que de naître, et que la première gelée pouvait flétrir. Votre main bienfaisante la transporta dans votre beau jardin où le soleil toujours brille ; elle y fleurit long-temps, douce à l'odorat, aimable à la vue, jusqu'à ce qu'enfin un cruel dévastateur cueillit cette belle rose, en souilla toute la beauté, et puis la jeta comme une herbe nuisible.

ACASTO.

Vous me parlez en paraboles, Chamont; vous savez que je n'aime pas les beaux discours. Les méchans et les sots en font usage pour couvrir leurs noirs desseins ou leur manque de bon sens : l'honnête homme n'en a pas besoin. Parle sans figures.

CHAMONT.

Votre fils....

ACASTO.

J'en ai deux, et tous les deux, je l'espère, suivent les lois de l'honneur.

CHAMONT.

Je l'espère aussi... mais...

ACASTO.

Parle.

CHAMONT.

Je dois vous apprendre que votre fils Castalio...

ACASTO.

Encore Castalio !

CHAMONT.

Il outragea ma sœur.

ACASTO.

Il l'outragea ?

CHAMONT.

Il est son époux.

ACASTO.

Je m'en afflige.

CHAMONT.

Pourquoi vous en affliger ? il n'est pas de prince qui ne dût être orgueilleux de l'avoir choisie pour épouse.

ACASTO.

Je ne le nie point.

CHAMONT.

Vous ne l'oseriez pas; toute votre famille unie pour surpasser par ce mensonge l'insolence de Castalio n'oserait pas le nier.

ACASTO.

Comment Castalio l'outragea-t-il ?

CHAMONT.

Informez-vous-en auprès de lui-même. Je dis que ma sœur est outragée, ma sœur, qui est née l'égale de votre fils. Rendez-lui justice, ou, j'en jure par les dieux, ma furie ensanglantera cette maison. Je le ferais, n'en doutez pas. Parlez vous-même à votre fils Castalio; enseignez-lui quelle doit être sa conduite envers son épouse.

ACASTO.

Vous obtiendrez justice.

CHAMONT.

Oui, j'obtiendrai justice. Celui qui m'a fait outrage ne dormira point en paix. Seigneur, je ne vous affligerai point par avance du récit de la scène que causa sa brutalité. Interrogez Castalio, si vous voulez conserver l'honneur de votre maison.

ACASTO.

Je l'interrogerai.

CHAMONT.

Jusqu'alors, adieu.

(Il sort.)

ACASTO.

Orgueilleux jeune homme, adieu. Monimia !

MONIMIA.

Seigneur !

ACASTO.

Vous êtes ma fille.

MONIMIA.

Je le suis, si vous daignez m'avouer pour telle.

ACASTO.

Quand vous vous plaindrez à moi, je vous prou-
verai que je suis votre père.

(Il sort.)

MONIMIA, seule.

Maintenant je suis perdue pour toujours. Est-il
sur la terre une créature plus malheureuse que
Monimia ? Castalio m'a cruellement délaissée : Je
me suis aliéné Acasto. Son visage, en me quittant,
m'a trop appris que la rage est dans son cœur. Je
serai bientôt abandonnée à mon sort ; j'errerai sans
soutien à travers le monde. On dira partout : Voilà
cette Monimia, la cause de tant de maux ! Mon bar-
bare frère médite de sanglans projets qui peuvent
enfanter le meurtre. Je ne voudrais pas être cause
de la mort d'un homme pour l'empire du monde :
j'aimerais mieux perdre pour toujours mon cher et
cruel époux !

MONIMIA, POLYDORE.

POLYDORE.

Monimia dans les pleurs! Ainsi la rosée du matin couvre les fleurs qui viennent d'éclore; mais elle s'exhale à la chaleur amoureuse du soleil. Je viens, chère amante, bannir le chagrin de ton âme. Que signifient ces soupirs? Et pourquoi ton cœur bat-il ainsi?

MONIMIA.

Laissez-moi seule à mon chagrin; vous n'en connaîtrez jamais la cause, elle doit mourir avec moi.

POLYDORE.

Heureux, Monimia, celui qui te fait répandre ces larmes, à qui s'adressent ces soupirs, qui t'inspire cette douce langueur! Je connais votre secret le plus cher; je sais que votre cœur ne me fut jamais destiné; qu'un frère aîné seul est digne d'un bien si précieux.

MONIMIA.

Seigneur!

POLYDORE.

Ne t'étonne point; la nuit dernière, j'entendis ses sermens, vos vœux, et je vis (ô tourment!) vos embrassemens passionnés. J'écoutais, quand tu indiquas l'heure du rendez-vous, et je maudis alors ta douce voix. — Veux-tu, Monimia, être mon amante? veux-tu ne m'être plus inhumaine?

MONIMIA.

Bannissez un infructueux espoir. Avez-vous juré

constance à ma ruine? ne serez-vous jamais véritablement mon ami?

POLYDORE.

Que veux-tu dire?

MONIMIA.

Cessez. Pourquoi me parlez-vous, seigneur, de la
nuit dernière?

POLYDORE.

Est-ce une question que tu doives faire maintenant? *J'espère que Monimia ne fut pas trop irritée.*

MONIMIA.

N'est-il pas indigne de me traiter comme une
prostituée, de vouloir forcer mon appartement au
milieu de la nuit, et de me menacer de votre colère
si je vous en refuse l'entrée?... Et prendre le nom de
Castalio!

POLYDORE

J'en jure par tes yeux si doux, c'était lui-même,
j'employais mieux mon temps [16].

MONIMIA.

Ah! prenez garde.

POLYDORE.

Où est le danger près de moi?

MONIMIA.

Je crains que vous ne soyez sur un écueil où votre
tranquillité fera naufrage; je crains que vous ne
soyez tombé dans un abîme de misère. Mille horribles pensées se pressent en foule dans ma mémoire :
soyez assez humain pour répondre à une seule question.

POLYDORE.

Je te confierais ma vie : appuie ton cœur sur le mien, et choisis dans mon âme tous ses secrets les plus intimes jusqu'à ce qu'il ne lui reste plus que mon amour.

MONIMIA.

Je vous conjure par les dieux, par les anges, par l'honneur de votre nom qui y est si fortement intéressé, de me dire, Polydore, et de me dire sans détour où vous avez passé la nuit dernière.

POLYDORE.

Dans tes bras [17].

MONIMIA.

C'en est fait.

(Elle tombe évanouie.)

POLYDORE.

Elle se trouve mal. Holà! quelqu'un! point de de secours. Maudite soit ma vanité qui n'a pu garder le secret de mon bonheur! Que vais-je devenir? Nous allons être surpris, et tout par conséquent sera découvert. Monimia ! Elle respire. Monimia !

MONIMIA.

Hé bien! que les douleurs se multiplient ; que chaque instant de ma vie infortunée en augmente l'horreur. Soleil, ne brille plus à mes tristes yeux, éclipse-toi pour Monimia ! Puisse chaque objet que je regarde devenir un fantôme et remplir mon âme de terreur, jusqu'à ce que, oubliant que j'appartiens à l'humanité, je maudisse toute la nature !

POLYDORE.

Quel est ce désespoir?

MONIMIA.

Si toute l'amitié que vous avez vouée à votre noble frère ne fut point un mensonge, si vous aimâtes
Castalio, vous partagerez ma misère.

POLYDORE.

Qui peut ruiner un homme qui possède la plus
grande des richesses, qui possède Monimia!

MONIMIA.

Je suis son épouse.

POLYDORE.

Que dis-tu, Monimia? Ah! répète.

MONIMIA.

Je suis l'épouse de Castalio.

POLYDORE.

Mon frère est ton époux [18]?

MONIMIA.

Le jour d'hier éclaira notre hymen.

POLYDORE.

La femme de mon frère?

MONIMIA.

Aussi sûrement que nous goûterons du malheur,
ce fut ton crime.

POLYDORE.

Un avenir douloureux se déploie devant nous.

MONIMIA.

Hélas! hélas!

POLYDORE.

Tu peux encore être heureuse.

MONIMIA.

Pourrais-tu être heureux avec un pareil poids sur le cœur?

POLYDORE.

Mon crime peut demeurer secret. Je te réconcilierai avec Castalio; après quoi j'irai passer le reste de mes jours dans la pénitence.

MONIMIA.

Tu veux me rendre encore plus infortunée; tu veux placer un nouveau crime sur ma misérable tête; tu veux que je trahisse ton frère, que je mette le déshonneur dans ses bras. Pensée maudite! Ah! démence, quand enfin t'empareras-tu de moi?

POLYDORE.

* Alors, embrassons-nous; et dès cette heure vouons-nous à une éternelle misère.

MONIMIA.

Seras-tu bien fidèle au malheur? ne désireras-tu point le retour de la tranquillité? voudras-tu étudier avec moi comment on peut augmenter son désespoir?

POLYDORE.

Nous nous ferons un art de varier nos douleurs, et de leur donner toujours une physionomie nouvelle. D'abord, si nos joies détestables portent un fruit, cet enfant mourra de nos mains.

MONIMIA.

Non, Polydore, il doit vivre.

POLYDORE.

Pourquoi ?

MONIMIA.

Pour être plus malheureux que nous, pour être marqué du sceau de notre infamie, et pour maudire sa naissance !

POLYDORE.

Je te loue de cette invention. * — Allons ensemble pleins de notre crime, allons promener notre désespoir, comme le premier couple malheureux quand il fut chassé du paradis. Trouvons quelque asile où les vipères fassent leurs nids dans la saison rigoureuse, où tout soit infecté de leur venin, où les poisons découlent des rochers, * où les sorcières, grasses du sang des enfans, se rassemblent la nuit pour accomplir leurs repas inhumains : * là, nous habiterons ; là, nous serons malheureux autant qu'on peut l'être. Le désir languira comme une fleur flétrie ; nous ne penserons pas que je suis homme, que tu es femme. * L'horreur me servira de défense contre tes charmes, ta beauté ne me séduira plus ; seulement.... Prends-moi dans tes bras, quand je serai prêt de mourir.

(Ils sortent.)

FIN DU QUATRIÈME ACTE.

ACTE CINQUIÈME.

CASTALIO, étendu sur la terre.

* CHANSON.

« Venez, jeunes gens, dont l'orgueil d'une beauté
» cruelle a blessé le cœur ; venez danser en rond
» autour de moi ! Que chacun de vous dépose sa
» guirlande sur mon front ! que chacun de vous me
» fasse un triste récit d'amour ! Vous verrez, vous
» verrez, que, malgré toutes vos plaintes, vos ou-
» trages réunis ne peuvent-égaler le mien.

» J'étais le plus heureux des mortels ; mon cœur
» ignorait le chagrin. Plaignez la douleur dont j'ex-
» pire, mais ne me demandez point ce qui la causa.
» Cependant si vous rencontrez une fille aimable,
» brillante comme le ciel, dont elle porte l'azur
» dans les yeux, pensez à mon destin, ô jeunes
» gens ! et fuyez ses trompeurs attraits ! » *

Voyez les cerfs parcourir en troupes les campagnes ; jamais ils ne sont mécontens de leur sort. Ces
errantes familles goûtent en liberté, près de leurs
ruisseaux, sous de paisibles ombrages, les plaisirs
de l'innocence ; la santé robuste habite avec eux les

frais pâturages; quand ils voient un homme, ils se rassemblent, et considèrent le monstre avec étonnement; dans une certaine saison ils goûtent les plaisirs de l'amour, mais ils n'en sont pas esclaves comme l'homme, cet animal raisonnable, qui toute l'année porte sa chaîne.

CASTALIO, ACASTO.

ACASTO.

Castalio! Castalio!

CASTALIO.

Qui est assez malheureux pour nommer Castalio?

ACASTO.

J'espère que je réussirai dans mon message.

CASTALIO.

Mon père, c'est une grande joie de vous voir, même dans les lieux où se nourrit la douleur.

ACASTO.

* Je viens parler en faveur de la beauté; vous devez deviner le reste.

CASTALIO.

Une femme! Si vous aimez la paix de mon âme, ne prononcez pas ce mot devant moi. Quand je pense aux femmes, mon âme souffre tant, que je crains que la raison ne s'en exile.

ACASTO.

Qui te fait souffrir, mon enfant?

CASTALIO.

C'est une femme que je voudrais oublier, que je voudrais effacer de ma mémoire.

ACASTO.

Oublier Monimia !

CASTALIO.

Elle, surtout. Monimia! Ce nom même me fait mal à entendre.

ACASTO.

Ce langage me paraît étrange. Mais vous voulez me cacher les secrets de votre cœur; vous n'osez pas vous confier à un père ?

CASTALIO.

Ne parlons plus de Monimia !

ACASTO.

N'est-elle pas votre épouse ?

CASTALIO.

Elle m'est d'autant plus odieuse. Qui peut entendre prononcer ce mot sans frémir? Une épouse! Quand à chacun des fléaux qui tourmentent les hommes vous voudrez donner un nom pire que ceux qu'ils ont déjà, appelez-les : *épouse*. Une nouvelle épouse surtout, a dans elle tout un avenir d'horreur qu'elle réserve à son mari : excusez donc le désespoir d'un malheureux qui subit hier le joug de l'hymen. *

ACASTO.

Mon fils, il faut aller avec moi vers Monimia.

CASTALIO.

Vous me raillez, seigneur; aller voir Monimia !*
Permettez-moi de n'en rien faire. Dans ce qui
touche de si près à mon cœur, veuillez ne pas forcer
ma conduite. *

ACASTO.

Faisons trêve à ce débat. On s'est plaint à moi de
ce que tu l'avais outragée.

CASTALIO.

Qni s'est plaint?

ACASTO.

Son frère proclama devant moi ses outrages, dans
des termes qui ne me laissèrent point mon sang
froid.

CASTALIO.

Eh! grands dieux! quels furent ces termes? Son
frère! Comment se secret lui fut-il révélé? Quoi
donc! envoya-t-elle son héros avec un défi? Il n'osa
point sûrement vous insulter?

ACASTO.

Non certes; mais....

CASTALIO.

Parlez. Que dit-il?

ACASTO.

Que tu es un traître. Il me semble que mon fils
Castalio ne peut l'être.

CASTALIO.

Honteuse et brutale insolence ! C'est votre vieillesse qui l'enhardit; autrement il n'eût pas osé tenir
un pareil langage.

ACASTO.

J'en jure par cette épée, ton père ne sera jamais
assez lâche pour te laisser outrager impunément
mais j'ai promis de lui faire justice !

CASTALIO.

Justice ! C'est elle qui doit craindre qu'on lui rende
justice. Pensez-vous que j'aie choisi cette solitude
* que j'aie laissé des joies prêtes à enivrer mes sens
que j'aie cherché une place pour y maudire mon
destin, pour y mesurer ma tombe, * que j'aie sou-
haité m'unir à ce froid argile, sans que tout ce désespoir ait une cause ?

Les précédens, **CHAMONT.**

CHAMONT.

Où est ce fameux héros, renommé pour outrager
l'innocence, et pour violer ses sermens, dont aucune femme ne peut apaiser, dont aucun homme
ne peut abattre le cœur altier et le puissant
courage ?

ACASTO.

Je pense, Chamont, que vous cherchez Castalio

CHAMONT.

Je viens chercher l'époux de Monimia.

CASTALIO.

L'esclave est ici.

CHAMONT.

C'est auprès d'elle que j'aurais dû vous trouver

expiant par votre repentir tout le mal que vous avez fait à Chamont dans la plus chère partie de lui-même ; car mon âme recueille les pleurs de Monimia ; et quand vous tirez une larme de ses yeux, une goutte de sang tombe de mon cœur.

CASTALIO.

Alors vous êtes Chamont ?

CHAMONT.

Oui ; et j'espère n'être pas tout-à-fait inconnu au grand Castalio.

CASTALIO.

On m'a parlé d'un homme qui porte un nom pareil, et qui n'a pas ménagé mon honneur. J'avoue que je suis votre débiteur, monsieur ; et je vous rends le nom de traître que vous m'avez prêté par l'entremise de mon père.

CHAMONT.

Voilà mon remercîment.

(Il tire son épée.)

ACASTO.

Par cette bonne épée que je porte, je serai l'ennemi du premier qui se portera à la violence. * (*Il tire son épée, se place entre eux, et se tourne vers Castalio.*) Jeune homme, il fut un temps où vous me jugiez digne de maintenir l'honneur de ma maison, et où la part que vous y avez vous paraissait en sûreté sous ma garde. (*A Chamont.*) Jeune soldat, je dois vous dire que vous m'insultez. Je vous ai promis de faire justice à Monimia, et je pensais que ma parole était un gage qui dût vous satisfaire ;

mais il paraît que c'est par la menace que vous voulez nous contraindre à accomplir ma promesse. *

CASTALIO:

Seigneur, dès mes jeunes années vous eûtes soin
de m'apprendre que l'honneur injurié demandait
une prompte vengeance; ne vous opposez point à ce
que mon épée me fasse justice, si vous ne voulez
pas que je doute de votre amour.

CHAMONT.

Tu cherches un refuge dans le sein de ton père,
parce que le souvenir d'une ancienne amitié le sanc-
tifie pour moi.

CASTALIO.

Je le mériterai ce nom de traître, si je ne me
venge pas sur toi de tous les outrages que m'a fait
essuyer cette femme ingrate dont tu prends la défense.

CHAMONT.

Monimia t'a outragé! O fureur! L'honneur a autant d'empire sur son âme qu'il en a sur celle de ton
père; la vertu de ta mère ne surpassa point la
sienne.

ACASTO.

Jeune homme, que ta capricieuse folie ne trouble
point la cendre des morts. Cette créature bien-aimée,
que je tins autrefois dans ces bras...

CHAMONT.

N'a point été outragée.

CASTALIO.

Et ne le sera pas.

(Il tire son épée.)

CHAMONT.

Monimia ne le sera pas non plus ! Cette orpheline sans fortune, sœur du pauvre Chamont qui n'eut que son épée pour héritage, ne sera point opprimée par un traître orgueilleux comme toi.

CASTALIO, à son père.

Ah ! laissez mon bras libre.

CHAMONT.

Sortons ensemble.

Les précédens, SÉRINA.

SÉRINA.

* Hélas ! hélas ! quelle est la cause de tout ce désordre ? Chamont, cher amant, qui t'a outragé ?

CASTALIO.

Tu as trouvé maintenant un asile.

CHAMONT.

Sors du tien, et tu verras si je me couvrirai de son amour.

SÉRINA.

Cruel Castalio, cache à mes regards cette épée qui les effraie. Chamont, permets à Sérina de calmer ton courroux : si quelqu'un de ma famille t'offensa, je te vengerai moi-même, et je t'en aimerai plus encore. *

CASTALIO.

Monsieur, si vous ne voulez que je pense que vous n'êtes ici que pour m'épouvanter par vos fanfaronnades, venez me trouver dans quelque temps plus opportun, pour que nous puissions venger nos communs outrages.

CHAMONT.

Jusqu'alors je suis l'ami de Castalio.

CASTALIO.

* Adieu, Sérina; je souhaite que le bonheur vous accompagne.

SÉRINA.

Chamont est ce que j'ai de plus précieux sur la terre ; donnez-moi Chamont, et que le reste du monde m'abandonne.

CHAMONT.

Vous savez, ô dieux, quel bonheur je goûte en elle. Non, la fleur que le printemps fait éclore, cet enfant nouveau-né de la nature, n'est pas si aimable que toi. Inhumain Castalio, si je mettais dé-côté ma colère, si je m'abaissais jusqu'à prier pour Monimia, voudrais-tu m'entendre?

CASTALIO.

Je viens de vous dire, monsieur (et vous paraissez déjà l'avoir oublié), que je vous donnerai satisfaction. Je n'ajoute qu'un mot : je méprise Monimia ; elle vous envoya bassement pour essayer ce que sur moi pourrait la crainte : c'est le secret de toute votre conduite. La plus vile prostituée, qui s'est fait une habitude du mensonge pour tromper les sots, n'en aurait pas fait davantage : puisse-t-elle pour prix de cette indignité perdre à jamais le repos!

CHAMONT.

Adieu.

(Il sort avec Sérina.)

CASTALIO.

Adieu. — Mon père, vous paraissez troublé. *

ACASTO.

Plût à Dieu que je n'eusse pas été là quand cet orgueilleux jeune homme est venu t'insulter ! Il me fâche d'avoir mis obstacle à ton juste ressentiment. — Mais ton épouse...

CASTALIO, avec emportement

Je la maudis.

ACASTO.

Ne la maudis pas.

CASTALIO, après une pause et d'un ton pensif.

L'ai-je maudite ?

ACASTO.

Oui.

CASTALIO.

Je m'en afflige.

ACASTO.

Il me semble que tu peux lui pardonner, si l'offense (comme je le crois) est légère.

CASTALIO.

Non.

ACASTO.

Qu'a-t-elle fait ?

CASTALIO.

Puissent le ciel et vous me pardonner cet hymen !

ACASTO.

Soyez donc réconciliés.

CASTALIO.

Non.

ACASTO.

* Viens la voir.

CASTALIO.

Non.

ACASTO.

Je vais l'envoyer chercher.

CASTALIO.

Non. *

ACASTO.

Si tu m'aimes, Castalio, si tu ne veux point trou
bler le repos de ma vieillesse...

CASTALIO.

Non, mon âme y répugne.

ACASTO.

Je t'en prie, pardonne à ton épouse.

CASTALIO.

La foudre avant m'écrasera. Fût-elle à genou
devant moi employant le secours artificieux des la
mes si bien connu de son sexe, fût-elle là supplian
dans tout l'éclat de sa beauté, mon cœur pourra
se briser, mais ne s'adoucirait pas.

Les précédens, FLORELLA.

LA SUIVANTE.

* Seigneur, où êtes-vous ? Ah ! Castalio !

ACASTO.

Écoute.

CASTALIO.

Qu'est-ce?

LA SUIVANTE.

Oh! dites-moi vite où est Castalio?

ACASTO.

Pourquoi? que lui veux-tu?

LA SUIVANTE.

Ah! pauvre Monimia!

CASTALIO.

Ah!

ACASTO.

Que veux-tu dire? *

LA SUIVANTE (19).

Elle court désespérée par toute la maison, criant :
« Où est mon Castalio? rendez-moi mon cher Castalio. » Si elle ne vous voit, je ne réponds point de sa
raison.

CASTALIO.

Son trouble est-il si grand? nomme-t-elle Castalio? le nomme-t-elle avec tant de tendresse? Mène-
moi vite à la pauvre affligée. O mon père!

ACASTO.

Tu vas donc y aller? Que Dieu bénisse cette résolution.

CASTALIO.

Je ne puis savoir l'âme de Monimia dans la tristesse et rester homme : mon cœur ne peut l'oublier.
* Mais cachez ma faiblesse au monde. *

ACASTO.

Hâte-toi, va consoler ton amante.

CASTALIO.

Oh! je l'entourerai de mes bras impatiens. Me
soupirs exhaleront mon âme dans la sienne : c'es
là que cette âme agitée trouvera la paix. Que sa ten
dresse, pénétrant à travers mon sein palpitant
aille façonner mon cœur à sa fantaisie, qu'elle e
dispose comme elle le voudra!

(Ils sortent.)

MONIMIA seule.

Laissez-moi, laissez-moi passer ; je ne reposera
point jusqu'à ce que j'aie trouvé Castalio. O souve
rain de mes désirs, beau comme le soleil naissant
* tu surpasses tout le reste des hommes! Les fleu
naissent sous tes pas; tes yeux brillans réjouissen
tous ceux qu'ils éclairent. Ah! quand tourneront
ils leur éclat vers moi ? — O mon âme, ne par
point encore! * Je ne mourrai point tranquill
avant de l'avoir vu.

MONIMIA, CASTALIO rentre.

CASTALIO.

Qui parle de mourir d'une voix dont la tendress
ferait passer la vie dans un cœur de marbre?

MONIMIA.

Écoutez, c'est lui qui répond. * Ainsi, dans u

camp, lorsque la trompette se fait entendre au milieu de la nuit, ce bruit aimé des guerriers, les arrache au sommeil, et tous les cœurs s'éveillent comme le mien s'éveille maintenant. * Où es-tu ?

CASTALIO.

Ici, chère amante.

MONIMIA.

Ne m'approche pas, de peur qu'en me touchant tu ne m'anéantisses.

CASTALIO.

Ai-je été le jouet d'un vain songe ? n'es-tu que l'ombre de Monimia ? pourquoi me fuir ?

MONIMIA.

Ah ! s'il était possible que nous missions en oubli quelques heures, nous pourrions encore être heureux.

CASTALIO.

Est-il si difficile, Monimia, de pardonner une faute, quand t'implore un amour aussi humble que le mien ? Car dusses-tu causer ma mort, il faut que je t'aime toujours. Offre-moi quelque moyen de regagner ton affection. Que puis-je faire pour être assez ton esclave, pour satisfaire ton aimable orgueil ? Je t'en prie, ma souveraine, que ton despotisme ne brise pas tout-à-fait mon cœur; et quand ma pénitence expirera, guéris mon âme en me rendant ton amour !

MONIMIA.

Si je reste muette, Castalio, et cherche en vain des paroles pour t'exprimer avec quelle tendresse

mon cœur répond à ce puissant amour, c'est parce
que je te regarde avec horreur, et que je ne puis
voir l'homme que j'ai offensé.

CASTALIO.

Tu ne m'as point offensé.

MONIMIA.

Hélas! tu dis juste ce que pense ton pauvre cœur
Ne t'ai-je point outragé?

CASTALIO.

Non.

MONIMIA.

Tu erres encore dans l'obscurité, Castalio; mai
bientôt va luire une affreuse lumière.

CASTALIO.

* Que veux-tu dire, chère amante?

MONIMIA.

Si tu pouvais me pardonner!

CASTALIO.

Quoi?

MONIMIA.

Hélas! tu ne peux le pardonner, le crime de l
nuit dernière!

CASTALIO.

Je puis te pardonner, et je te pardonne.

MONIMIA.

C'est à genoux que je dois recevoir ce pardon
qui seul peut me faire regarder le ciel avec e
pérance.

CASTALIO.

Laisse-moi donc m'approcher alors.

MONIMIA.

Malheur à moi !

CASTALIO.

Ainsi dans les campagnes, lorsque le chasseur a manqué sa proie, les oiseaux amoureux que la terreur avait dispersés loin de leurs maîtresses ailées, cherchent, quand le danger n'est plus, à les rejoindre encore : ils les appellent d'un ton plaintif, s'approchent doucement d'elles comme je m'approche de toi, chère amante ; et bientôt leurs craintes s'évanouissent dans des baisers de joie et d'amour.

MONIMIA.

Prends garde, Castalio ; sois moins calme, car il se pourrait que dans la poursuite de cette tendre proie ton attente fût payée d'un cruel mécompte. *

CASTALIO.

Cher ange, dis-moi donc alors où est le danger qui me menace. Pourquoi, lorsque j'attendais sous ta fenêtre * (en proie à la fièvre ardente du désir), lorsque les gouttes de pluie tombaient froides sur ma tête, lorsque les vents sifflaient au milieu des ténèbres, et que mes tristes soupirs s'unissant à eux composaient une harmonie si lugubre, qu'elle eût attendri le cœur le plus dur, * pourquoi demeuras-tu sourde à mes cris, insensible à mes peines ? Je t'en conjure, souris, et dis-moi pourquoi !

MONIMIA.

Ne te supplié-je point de ne pas m'interroger ? Ne

lis-tu pas sur mon visage le terrible changemen
qui s'est passé dans mon âme, et l'horreur dont ell
est remplie ?

CASTALIO.

* Il est donc alors quelque chose que j'ignore
Pourquoi me parles-tu d'horreur ? pourquoi n
veux-tu point que je t'interroge ? Explique-toi, j
t'en conjure, explique-toi, et ne me rends poin
une seconde fois insensé.

MONIMIA.

Le dois-je ? *

CASTALIO.

Si tu veux secourir ton amant dans l'agonie d
désespoir, donne-moi le mot de cette énigme avan
que mes pensées ne s'égarent, et que d'horrible
craintes ne se pressent sur moi comme des fantôme

MONIMIA.

Mon cœur ne veut point que je parle ; mais gar
dez dans votre souvenir ce que Monimia, la pau
vre Monimia vous a dit en ce moment : Nous n
devons plus jamais nous revoir.

CASTALIO.

* Que veux-tu dire, ô toi, que les dieux o
chargée du soin de ma destinée, qui peux me rend
heureux ou malheureux pour toujours ? * Ne no
plus voir jamais ?

MONIMIA.

Non, jamais.

CASTALIO.

Qui, hors toi, oserait en ma présence tenir u

pareil langage? Tu es due à mon cœur; pour t'obtenir j'ai souffert avec constance un long et pénible esclavage. Qui pourra me dérober ce bonheur si chèrement acquis?

MONIMIA.

Le temps éclaircira tout; mais aujourd'hui que ce peu de mots vous suffise. Le ciel a décrété que je dois être à jamais étrangère à votre amour, et (c'est la mort dans l'âme que je te l'annonce, Castalio) j'ai résolu d'obéir au ciel. Je passerai ma vie dans quelque contrée lointaine, et je te vois en ce jour pour la dernière fois.

CASTALIO.

Où suis-je? quelque noir enchantement égare sans doute mes pas, et je ne trouverai jamais le chemin du repos. Es-tu vraiment décidée, Monimia, à m'affliger d'une éternelle absence? pourquoi t'éloigner? Je suis déjà seul; il me semble qu'abandonné sur une plage aride, adressant mes soupirs aux vents, mes plaintes à la mer, je vois cingler au large le navire où est embarqué le trésor de mon âme. Ne reviendras-tu jamais? Oh! si tes yeux pouvaient parler, je saurais tout, car dans eux brille ton amour; ils pressent leurs regards sur moi. Ne veux-tu point parler? Si nous devons nous séparer pour toujours, laisse à ma mémoire un mot, un doux mot d'adieu, dont je puisse charmer ma peine à mes derniers momens.

MONIMIA.

Ah! pauvre Castalio!

(Elle sort.)

CASTALIO seul.

C'est de la pitié; par les dieux, elle me plaint
Monimia, t'en vas-tu donc pour l'éternité? — Qu
veut dire cette conspiration de la nature contre u
seul malheureux? O vous, qui pouvez d'un se
mot désunir les atomes qui forment ce mond
grands dieux, pourquoi vous donner tant de pein
Il vous suffirait de dire en votre pensée : *Qu
meure*, et Castalio ne souffrirait plus.

CASTALIO, POLYDORE.

POLYDORE.

Vivre, et vivre un tourment à soi-même.... Q
le voudrait, si l'homme savait quel est son sort a
delà de cette vie? Mais nous avons peu de scienc
et nous sommes lâches par ignorance de l'avenir.

CASTALIO.

Qui est là?

POLYDORE.

Et toi-même, qui es-tu?

CASTALIO.

Mon frère Polydore?

POLYDORE.

Mon nom est Polydore.

CASTALIO.

Peux-tu me dire ce qu'elle est devenue?

POLYDORE.

Qui?

CASTALIO.

Ma chère Monimia.

POLYDORE.

Non. Adieu.

CASTALIO.

Qui te presse? Tu me parais triste, mon cher Polydore.

POLYDORE.

Et tu me parais triste aussi, mon cher Castalio.

CASTALIO.

Je te parais triste?

POLYDORE.

Oui.

CASTALIO.

Hélas! j'ai de trop justes raisons pour m'affliger. Frère, j'ai bien souffert depuis que je ne t'ai vu.

POLYDORE.

Pourquoi?

CASTALIO.

* Ah! ton cœur éprouverait une trop grande peine, si je te disais pourquoi. Cependant laisse-moi t'embrasser, et pleurer sur ta poitrine. * Je voudrais reposer toutes mes erreurs dans ton sein, cher ami; car tu leur pardonneras, puisque c'est moi qui les ai commises.

POLYDORE.

Ne sois pas trop confiant; considère d'abord que l'amitié peut être trompeuse. N'y a-t-il pas de faux amis?

CASTALIO.

Pourquoi cette demande? Que parles-tu de fausse amitié, quand les bras ouverts, les yeux baignés de pleurs, je me précipite sur ton sein? Ah! c'est dans toi seul que je puis trouver de la consolation!

POLYDORE.

Je crains, Castalio, de n'en point avoir à te donner.

CASTALIO.

Alors, tu ne m'aimes donc pas?

POLYDORE.

Oh! plus que l'existence. Je n'ai jamais nourri la moindre pensée dont eût pu se plaindre cette amitié dont nous sommes unis. En as-tu agi de même envers moi?

CASTALIO.

Je l'espère.

POLYDORE.

Alors pourquoi ce désordre, pourquoi cette tristesse?

CASTALIO.

Ah! Polydore, je ne sais comment te le dire; à l'instant où je veux te parler, la rougeur couvre mon front.

POLYDORE.

Je suis fâché que mon ami ait à m'apprendre quelque chose dont il soit honteux. * N'as-tu jamais caché ton âme à Polydore? *

CASTALIO.

Ah! beaucoup trop souvent. * Mais laisse-moi te

conjurer ici, par toute l'affection d'un frère (je n'ose
dire d'un ami), de me pardonner mon outrage.

POLYDORE.

Eh bien, parle. ✶

CASTALIO.

Notre destin voulut nous affliger tous deux d'un
fatal amour. Tu me confias ta passion, généreux
ami, dès que tu en ressentis les premiers tourmens.
Pendant cette confidence mes sourires te cachaient
ma peine, et je fis ensuite une convention que j'é-
tais résolu de ne pas respecter.

POLYDORE.

Comment?

CASTALIO.

Je trouvai de nouveaux moyens pour abuser de ta
confiance, pour te cacher la violence de mon
amour, jusqu'à ce qu'hier j'épousasse Monimia.

POLYDORE.

N'était-ce point mal fait, Castalio?

CASTALIO.

Oui, ce fut un grand tort de cacher cet hymen à
mon frère.

POLYDORE.

Un grand tort! Tu n'appelles cela qu'un tort?

CASTALIO.

Mon cœur bat.

POLYDORE.

Traître, je renonce à ton amitié; je ne te con-
fierai plus de secrets, je ne t'adresserai plus la pa-

role. Infidèle Castalio ! Ciel, sois témoin du serment que je fais de n'être plus son ami !

CASTALIO.

Qu'est-ce que mon destin veut de moi ? J'ai perdu tout bonheur, sans en savoir la cause. Mon frère, que signifie ce terrible emportement ?

POLYDORE.

Parjure, traître, adieu !

CASTALIO.

Je serai ton esclave; traite-moi comme tu le voudras, mais pardonne-moi.

POLYDORE.

Jamais.

CASTALIO.

Oh ! réfléchis à ce que ton cœur va faire. Depuis notre enfance nous nous sommes avancés la main, dans la main sur la route de la vie ; un égal amour nous unissait, un seul lit nous recevait tous deux ; les mêmes sympathies, les mêmes aversions régnaient dans nos âmes. Castalio eut-il jamais un ami qui ne fût le tien ? eus-tu jamais un ennemi qui ne fût le mien ? Dans le sein même de notre mère nous nous embrassions. Et tu veux aujourd'hui punir ma première offense envers toi, par l'abandon et le mépris ! je suis plongé dans la douleur, et tu ne veux point me consoler !

POLYDORE.

Va chercher Monimia, c'est dans ses bras que tu trouveras le repos; elle possède des artifices qui peuvent guérir le chagrin.

CASTALIO.

Des artifices ? Arrête.

POLYDORE.

Aveugle que tu es, toi son époux! l'époux d'une prostituée !

CASTATIO.

Que dis-tu?

POLYDORE.

Je pense que le mot *prostituée* n'a pas besoin d'explication.

CASTALIO.

Hélas ! je puis même te pardonner cela. Mais permets-moi de te dire, Polydore, que je suis fâché de te trouver coupable d'une si basse vengeance, et qu'il n'est pas digne d'un homme d'outrager une vertu qu'on n'a pu séduire.

POLYDORE.

Je mens donc, selon toi?

CASTALIO:

Si l'homme le plus brave qui ait jamais ceint l'épée osait dire à voix basse ce que tu viens de crier bien haut, il serait le plus vil des menteurs; mais mon ami peut s'être trompé.

POLYDORE.

Maudit soit ce lâche détour ! Tu m'as fait le pire des affronts, et le dernier des misérables peut seul dire que je mens.

CASTALIO.

* Allons, tire ton épée, et plonge-la dans mon

cœur ; car il n'y a plus de bonheur pour moi puisque je te perds. ⋆ Le dernier des misérables !

POLYDORE.

Oui, tu ne fus jamais le fils du vieil Acasto. Sans doute la sage-femme trompa celle à qui je dois la naissance, et plaça près de moi dans mon berceau, au lieu de mon véritable frère, sa vile progéniture.

CASTALIO.

Tu es mon frère encore.

POLYDORE.

Tu mens.

CASTALIO.

Alors... (*Il tire son épée.*) Cependant je suis calme.

POLYDORE.

C'est le calme d'un lâche.

CASTALIO.

Ah ! que cette injure fait mal. Un lâche !

POLYDORE.

Oui, le dernier des misérables et des lâches.

CASTALIO.

A ton cœur donc, quoique tu sois né de ma mère.

(Ils se battent ; Polydore laisse tomber son épée, et se précipite sur celle de Castalio.

POLYDORE.

Maintenant, Castalio, tu es encore mon ami.

CASTALIO.

Qu'ai-je fait ? mon épée est dans ton sein.

POLYDORE.

O le meilleur des hommes, le plus tendre des
frères, le plus fidèle des amis, j'ai cherché moi-
même le trépas.

CASTALIO.

Dieux ! on dit que tous vos décrets sont justes ; on
vous peint miséricordieux, amis de l'innocence :
s'il en est ainsi, pourquoi tant de malédictions sur
ma tête ?

POLYDORE.

N'accuse pas les dieux, n'accuse que moi-même ;
ce n'est point le ciel, mais Polydore qui t'a outragé.
J'ai placé le déshonneur dans ton lit ; les pures joies
de ton hymen ont été souillées par la lubricité d'un
frère.

CASTALIO.

Par toi !

POLYDORE.

Par moi : le crime fut commis la nuit dernière
tandis que tout dormait, excepté la rage et l'inceste.

CASTALIO.

Maintenant, où est Monimia ?

Les précédens, MONIMIA.

MONIMIA.

Je suis ici : qui m'appelle ? Il me semble que j'en-
tends une voix douce comme le pipeau du berger de
la montagne, quand il rassemble autour de lui son
troupeau. — Mais, ô ciel ! quel sang est ici répandu ?

CASTALIO.

C'est le sang d'un frère. Es-tu préparée à des peines éternelles?

POLYDORE.

Au nom de la justice divine, je t'en supplie, épargne cette tendre femme.

CASTALIO.

Ne la pas tuer? * Dieux, torturez-moi dans des supplices encore ininventés et qui fassent frémir la nature, si je n'exerce pas toute ma cruauté sur elle, si pour la punir je ne découvre pas quelque vengeance inconnue ! *

MONIMIA.

J'ai moi-même accompli cette tâche : je mourrai avant que tu me quittes. Un breuvage a passé dans mon sein, qui guérira tous mes maux et m'empêchera de t'outrager davantage.

POLYDORE.

Oh! elle est innocente.

CASTALIO.

Prouve-le-moi, pour combler ma misère.

POLYDORE.

Ces malheurs ne seraient pas arrivés, Castalio, si tu m'avais traité comme un ami; si tu ne m'avais pas caché ton mariage, la joie règnerait parmi nous. Mais quand j'entendis Monimia te donner rendez-vous, je crus seulement que ton amour avait été plus heureux que le mien. J'arrivai dans les ténèbres et je pris ta place. Pendant toute la nuit, Monimia trompée crut tenir son Castalio dans ses bras [20].

CASTALIO.

* Et tout fut l'ouvrage de mon propre destin ! nul autre que moi-même n'aurait pu être ainsi maudit. Mon fatal amour t'a perdue, ô toi la plus belle et la meilleure des créatures sorties des mains des dieux, et que les cœurs des hommes aient adorées ! — J'ai tué aussi mon frère ! Pourquoi donc étudias-tu les moyens de me damner encore davantage, en me forçant au fratricide ?

POLYDORE.

Tu es innocent de ce crime, ce fut moi qui te le fis commettre. Pardonne aux injures barbares que je t'ai prodiguées ; je t'aurais traité plus mal encore, que je serais toujours mort en t'aimant : à chacune des injures dont je t'accablais, mon cœur frémissait d'horreur. Qu'il m'en coûta de t'outrager ! *

MONIMIA.

Maintenant, cher Castalio, le plus chéri des hommes, voudras-tu recevoir dans tes bras une femme déshonorée, et fermer les yeux de celle qui t'a trahie ?

CASTALIO.

C'est moi, misérable, dont le destin maudit a causé ta perte ! Peux-tu m'aimer encore ?

MONIMIA.

Quand je serai dans la tombe, et tout-à-fait oubliée, puisse une plus belle fiancée te rendre heureux ! Mais aucune femme ne pourra t'aimer comme je t'aimais. Quand je serai morte, et ce sera bientôt (car la main du trépas est déjà sur mon cœur), que tes discours me soient favorables; et si l'on ose attaquer mon honneur, rends justice à la mémoire d'une infortunée que tu honoras de ton amour. * Un nuage épais se répand sur ma vue; qu'il fait sombre! Adieu [21].

(Elle meurt.)

CASTALIO.

Je te survivrais! Quelle est cette pensée? Grâce au ciel, je marche préparé contre cette malédiction ! *

Les précédens, ACASTO, CHAMONT désarmé et retenu par Acasto et des domestiques.

CHAMONT.

Que l'enfer s'entr'ouvre et me dévore, si je pardonne à ta maison; si je ne vis point pour être un éternel fléau, à toi, vieillard, et à toute ta race! Vous me retenez maintenant; mais je jure, par le ciel.... Ah! quelle scène de mort! ma sœur, ma chère Monimia expirée! O vous, dieux, si vous êtes justes, lancez vos tonnerres sur moi et sur le détestable Castalio !

ACASTO.

* Mon cher Polydore !

POLYDORE.

Qui m'appelle ?

ACASTO.

Comment fus-tu blessé ? *

CASTALIO, à Chamont.

Éloigne-toi, fanfaron orgueilleux; laissé-moi seul à mon chagrin.

CHAMONT.

J'en jure par l'amour que je lui portai de son vivant, je ne la quitterai pas; je resterai là, jusqu'à ce que mon cœur se brise!

CASTALIO.

Fuis, je te l'ordonne, ou....

(Il tire son poignard.)

CHAMONT.

Tu ne me tueras point, car ce serait m'être favorable; et tu ne peux que faire le mal.

ACASTO.

Que médites-tu, Castalio? sûrement tu ne chargeras pas de nouveaux chagrins la tête de ton vieux père? Dites-moi, je vous en supplie, la triste cause de tout ce désastre.

POLYDORE.

* Ce serait à moi de vous la dire; mais c'est une tâche trop pénible pour un mourant. Vous trouverez dans mon cabinet l'histoire écrite de tous nos malheurs. Castalio et Monimia sont innocens; je suis seul criminel. N'en demandez pas davantage. *

CASTALIO.

Toi, cruel Chamont, qui m'as poursuivi injustement de ta haine, qui voulais arracher la vie à un homme qui ne t'avait pas outragé, maintenant, si tu veux embrasser une noble vengeance, viens mêler tes malédictions aux miennes.

CHAMONT.

Sur qui doivent-elles tomber?

CASTALIO.

* D'abord sur toi-même. Je te maudis, ainsi que l'heure qui te donna naissance. Puisse un général désordre s'emparer du monde, que la confiance soit bannie d'entre les hommes, que d'éternelles haines divisent les familles, que des terreurs paniques épouvantent les campagnes, que les factions troublent les villes, que les schismes déchirent l'église! puissent toutes les choses se mouvoir contre le cours de la nature! puissent les formes se dissoudre, la chaîne des causes se rompre, et les sources de l'être se tarir! *

ACASTO.

Aie patience.

CASTALIO.

La patience! Prêche-la aux vents, à la mer écumante, à l'incendie furieux. * Les hypocrites qui vous l'enseignent se raillent quand vous les croyez. Privez-moi des communes nécessités de la vie, couvrez mon corps d'une lèpre affreuse, que mes amis m'abandonnent, je supporterai tous ces maux * mais maudit comme je le suis maintenant, ce poignard seul doit me donner patience. C'est ainsi que je trouve le repos.... Je ne me plaindrai plus.

(Il se poignarde.)

POLYDORE.

* Ah! Castalio!

CASTALIO.

Je viens. * (*A Chamont.*) Je te transmets mo

droit de naissance ; console mon triste père, allége ses chagrins (*Acasto tombe évanoui dans les bras de ses domestiques*), car je m'aperçois qu'ils lui sont bien pesans. Pour l'amour de Monimia, qui (tu l'apprendras bientôt) ne fut point outragée par moi, sois toujours bon envers la pauvre Sérina ! Je t'en supplie, place-moi dans la même tombe que mon épouse ; près d'elle, là, comme je suis maintenant. Adieu. — Je ne suis plus rien !

CHAMONT.

Prenez soin du respectable Acasto, tandis que je vais apprendre les causes de ce désastre épouvantable. C'est ainsi que le ciel maintient son empire : il peut affliger, mais l'homme ne doit pas se plaindre [22].

FIN DU CINQUIÈME ET DERNIER ACTE.

NOTES

SUR

L'ORPHELINE.

———

(1) CE rôle est ordinairement joué par une femme.

(2) L'ancienne édition sur laquelle nous avons traduit cette pièce, ne la divise que par actes. Nous avons cru ne pas y devoir ajouter la division par scènes. Quand on la représente à Drury-Lane ou à Covent-Garden, les quatre premiers actes ne renferment chacun qu'une scène, et le cinquième seul en a deux. Nous avons voulu donner la pièce telle qu'Otway l'a composée. Il nous semble que M. Schlegel s'est plaint avec raison de ce que les éditeurs de Shakspeare ont divisé ses drames par scènes, et ont indiqué les lieux où elles se passent. Voyez son *Cours de littérature dramatique*, tome III.

(3) On s'est aperçu sans doute, en lisant cette tragédie, qu'il est impossible qu'on la joue maintenant en Angleterre telle que l'a composée l'auteur. L'amélioration des mœurs, et le sentiment plus exquis des convenances qui suivirent la révolution de 1688 ont rendu des coupures et des suppressions indispensables. C'est ainsi que pour satisfaire à ce besoin nouveau, le célèbre Garrick arrangea pour la scène moderne quelques-uns des immortels chefs-d'œuvre de Shakspeare. Nous avons cru toutefois que nous devions à nos lecteurs l'*Orpheline*, telle qu'Otway l'a écrite, et non telle que la représentent les acteurs de Londres. On peut souffrir à la lecture ce qu'on ne pourrait supporter à la représentation, et tout ouvrage de l'art, pour être bien jugé, doit l'être dans son intégrité. Les acteurs portent souvent une main lourde et inhabile sur les œuvres du génie, et la pudeur du public est souvent trop craintive. Nous avons toutefois, pour met-

tre le lecteur à même de juger de l'effet théâtral, renfermé entre
deux astérisques les passages que l'on supprime à la représentation.

(4) Dans cette tragédie, qui se passe dans les temps modernes,
les personnages jurent par les *dieux*, les *célestes pouvoirs*, le
destin, etc. Otway n'est pas plus exact observateur des convenances que Shakspeare qui fait jurer son roi Léar par Apol-
lon, par Jupiter, etc., et qui met dans la bouche du Troyen
Hector l'éloge du précepteur d'Alexandre. Voyez *Troïlus and
Cressida*, acte II, scène II. Dans *Alcibiade*, qui fut la première œuvre dramatique d'Otway, l'amante de ce héros le com-
pare à un ermite, et assimile son *espoir* à *l'alchimie*. *Alcibiade*, acte I, scène I.

(5) C'est un reproche que le poëte royaliste fait au gouverne-
ment de Charles II, de trop ménager ses ennemis et de ne pas
récompenser assez largement ses amis. Il y a dans cette tragédie
quelques allusions aux affaires du temps ; nous les signalons dans
ces notes, parce qu'elles obscurcissent souvent les passages où
elles se rencontrent.

(6) Chamont ajoute encore neuf vers qu'on ne supprime pas
à la représentation. En voici la traduction littérale :
« Ses yeux étaient rouges et chargés d'une humeur brûlante,
» la froide paralysie faisait branler sa tête, ses mains semblaient
» flétries, et elle avait jeté sur ses épaules voûtées les lambeaux
» déchirés d'une vieille tapisserie, qui lui servaient à garantir
» sa carcasse du froid. Sa robe était faite de pièces et de mor-
» ceaux grossièrement appareillés, noirs, rouges, blancs, jau-
» nes, ce qui semblait dire qu'elle était misérable de différentes
» manières. »

(7) Chamont ajoute, *at a sordid game.*

(8) La maladie d'Acasto n'est nullement nécessaire à l'écono-
mie de la pièce, et il ne manque de mourir que pour avoir
occasion de débiter une tirade moitié morale, moitié politique.
Comme à la représentation on supprime aujourd'hui tout ce
discours, le spectateur ne conçoit pas pourquoi le poëte afflige

Acasto d'une maladie qui ne sert en rien au développement de l'intrigue.

On sait ce qu'Otway entend par *d'audacieux soupçons ;* sa pièce elle-même, où se rencontrent d'indécentes sorties contre le clergé protestant, n'était pas très-propre à les dissiper.

(9) Dans l'original, *Bawds.*

(10) *How, walking, standing, sitting, lying, hah !*

(11) Toute cette scène est une satire dirigée contre les minis- tres protestans

(12) *To bed, my love.*

(12 *bis*) A la première représentation, un plaisant s'écria : *Que de malheurs aurait évités la dépense d'un bout de chandelle !*

(13) La demande de Castalio est bien plus indiscrète dans l'original.

(14) *I heard her say so as she lay a bed, man.*

CASTALIO.

Talk'd she of me when in her bed, Cordelio ?

Presque tout ce que le page dit dans cette scène est en prose, bien que le reste de la pièce soit en vers.

(15) « Que je devienne lépreux, aveugle, lunatique, que je » sois estropié, que l'orgueil entre dans mon âme, que la honte » et la pauvreté m'accablent si je te pardonne, Castalio ! »

(16)   *I spent my time much better ;*
I tell thee, ill-natur'd fair one, I was posted
To more advantage on a pleasant hill
Of springing joy, and everlasting sweetness.

(17)   *Within thy arms*
I triumpht : rest has been my foe.

(18)   *And then have I enjoy'd*
My brother's wife ?

(19) A la représentation, c'est Acasto lui-même et non Flo- rella qui apprend à Castalio l'égarement de son épouse.

(20) *I in the dark went and supply'd thy place;*
Whilst all the night 'midst our triumphant joys,
The trembling, tender, kind, deceiv'd Monimia
Embrass'd, caress'd,and call'd me her Castalio.

(21) *Good night!* Bonne nuit! dit Monimia en mourant. Ce qui serait ridicule en français ne l'est point en anglais. Lord Byron a dit, dans un de ses poëmes : « *My native land, good night!* Contrée qui m'a vu naître, bonne nuit! »

(22) L'*Orpheline* fut représentée pour la première fois en 1680, sur le théâtre du Duc (*d'York, depuis Jacques II*) Les représentations en ont cessé dans l'année 1780. En 1815 miss O'Neil, voulant déployer dans le rôle de Monimia son talent pour le pathétique doux et tendre, fit remettre l'*Orpheline* au théâtre. Cette tragédie fut suivie alors avec empressement le célèbre Young remplissait le rôle de Chamont ; Charles Kemble (frère du grand tragédien qui vient de mourir) jouait celui de Castalio.

Le prologue n'a rien de remarquable ; il contient des éloges outrés du duc d'York.

L'épilogue est dans le style comique. Sérina y annonce qu'elle va se faire dévote, qu'elle affectera la tristesse, et logera dans la cité, pour qu'on la prenne pour une riche héritière qui a fui la tyrannie d'un tuteur ; elle espère par ce moyen attirer les jeunes sots qui cherchent les bons mariages.

L'*Orpheline* parut avec l'épigraphe suivante :

Qui pelago credit magno, se fœnore tollit;
Qui pugnas et castra petit, præcingitur auro;
Vilis adulator picto jacet ebrius ostro;
Et qui sollicitat nuptas, ad præmia peccat :
Sola pruinosis horret facundia pannis,
Atque inopi linguâ desertas invocat artes.

Pétron. Arb. Sat.

Il y a quelque chose de douloureux et de touchant dans cet appel à la charité publique, placé par un auteur devant une œuvre de génie. Il ne fut pas entendu. Rochester et Buckingham admirent volontiers à leur table le *bouffon Otway*, mais ils n'assurèrent pas du pain à l'auteur de *Venise sauvée* et de l'*Orpheline*.

www.ingramcontent.com/pod-product-compliance
Ingram Content Group UK Ltd.
Pitfield, Milton Keynes, MK11 3LW, UK
UKHW020209130726
13696UKWH00002B/812